最美藏地时光

柴庆春 萧先太 等著

北京航空航天大学出版社
BEIHANG UNIVERSITY PRESS

内容简介

穿越藏区，大雪纷飞的东达山，游牧帐篷中飘来酥油茶的芳香；桑耶寺蔚蓝的天空中飞过来的生灵，还有东流而去的雅鲁藏布江；在道孚藏族民居，老人讲述我们并不熟悉的陈年往事；徒步行走在波密的原始森林和湖泊，迷了路，摔了跤，终于见到人烟……

本书是一本以读图为主的藏地旅行休闲游记，全书涉及西藏、四川、甘肃、青海等藏区的自然人文风光，精选专业图片200余张，以故事为主线，文字精彩生动，文图结合，带给你独特的美的体验。

图书在版编目（CIP）数据

最美藏地时光 / 柴庆春等著 .-- 北京：北京航空航天大学出版社，2013.1

ISBN 978-7-5124-1002-2

Ⅰ. ① 最… Ⅱ. ①柴… Ⅲ. ① 游记—作品集—中国—当代 Ⅳ. ① I267.4

中国版本图书馆 CIP 数据核字（2012）第 259249 号

最美藏地时光

柴庆春　萧先太 等著

策划编辑：谭　莉

责任编辑：周文慧

*

北京航空航天大学出版社出版发行

北京市海淀区学院路37号（100191）http://www.buaapress.com.cn

发行部电话：010-82317024 传真：010-82328026

读者信箱：bhpress@263.net 邮购电话：010-82316936

北京尚唐印刷包装有限公司印装 各地书店经销

*

开本：700×1000　1/16　印张：18　字数：266千字

2013年1月第 1 版　2013年1月第 1 次印刷

ISBN 978-7-5124-1002-2　定价：39.80元

若本书有倒页、脱页、缺页等印装质量问题，请与本社发行部联系调换。联系电话：（010）82317024

经幡，又叫风马旗。当风“扑啦啦”地吹动风马旗的那一刻，我听到了心灵的回声

草原上，经幡被布成巨大的罗伞

➤
从山里走了上百里路来到新寨玛尼墙边的一家人，四个如花似玉的女儿身着节日的盛装，满面虔诚的笑容，在码尼石堆上忙碌着悬挂经幡

▼ 透过色季拉山口飘扬的风马旗，可以望见远处的南迦巴瓦峰

序

那一刻，我听到了心灵的回声

有朋友曾问我，在藏区最让你感动的瞬间是什么？

不知为什么，尽管让我感动的人和事是那样的多，而那一刻我脑海中浮现的，只是雪山下五色风马旗“扑啦啦”被风吹动的画面。

藏族同胞认为，印满经文的风马旗，经过风的吹动，可以把敬畏神灵和祈求护佑的美好愿望，吹送给上苍神灵。风马旗每被风吹动一次，就等于诵读经文一次，人们的虔诚祈福就会传达给神灵。

蓝天白云下，皑皑雪山放出耀眼的光芒，放眼望去，看不到任何被世俗沾染的迹象。四周一片寂静，只能听见自己心跳的声音，高原的风忽然吹来，身边的风马旗发出“扑啦啦”的声音。那一刻，我好像听到了心灵的回声。

久居城市，终日忙碌，我们已经忘记了倾听心灵的声音；高楼林立，压缩了生存的空间，也压缩了心灵的世界；车辆飞驰，加快了生活的节奏，也忽略了心灵振动的频率；步履匆匆，要快点赶到下一个目的地，而心灵却失去了方向；偶尔驻足，片刻喘息，还没有来得及炫耀，又被人群裹挟着卷入物质的洪流。

于是，我们开始越来越多地出游，走向西部，走向藏区。在藏区旅行，总是充满美好的记忆：大雪纷飞的东达山，游牧帐篷中飘来酥油茶的芳香；桑耶寺蔚蓝的天空中飞过来的生灵，还有东流而去的雅鲁藏布江；在道孚藏族民居，老人讲述着我们并不熟悉的陈年往事；徒步行走在波密的原始森林和湖泊，迷了路，摔了跤，终于见到人烟时的内心狂喜……

在众多美好的记忆当中，我最感动的瞬间还是风马旗被风吹动的那一刻。因为那一刻，我懂得了：藏地风马旗早已超出单纯风景、单纯宗教、单纯祈福的意义，而是，将真、善、美铺陈在朴实无华的大地上，在吟唱着一首人性走向佛性的生命颂歌。此刻，我的耳边，又响起仓央嘉措的吟诵：

那一刻，我升起风马，不为祈福，只为守候你的到来；

那一瞬，我飘然成仙，不为求长生，只愿保佑你平安的笑颜；

那一夜，我听了一宿梵歌，不为参悟，只为寻你的一丝气息；

那一日，我垒起玛尼堆，不为修德，只为投下心湖的石子；

那一世，我翻遍十万大山，不为修来世，只为途中能与你相遇……

目　录

在转场的日子里

辽阔湿地草原的清晨，美得像一幅画、一首诗，一曲飘散天际的歌谣——当第一抹阳光穿透帐篷上的炊烟，将它立刻染成橙红与淡紫，绚丽的一天开始了。但草原的天说变就变，当年红军在红原过草地可没少吃苦头。当我们驱车前行时，厚厚的云层挡住了阳光，晨风把云吹向山头，云碎成了雾，呼应着牧人们的炊烟，原野又变成了一幅淡青水墨。

当第一抹阳光穿透帐篷上的炊烟，草原立刻被染上了绚丽的颜色

山野间，可以望到牦牛群涉过湍急的河流，不紧不慢走向花香浓郁的草地。今天是转场的日子吗？

转场是在高原和牧区夏秋两季，羊群和牛群随牧草生长而转移、游牧的时刻。在转场的十多天里，牧人赶着大批牛羊走向远方。牦牛驮着的皮囊中不仅有衣被，还有草原上珍贵的柴火。这样的搬家也在展示着牧人们的全部财富和家产——除了牛羊，他们还有什么呢？大群羊群跟着牦牛挤了过来，它们没有牦牛那样沉稳威武，像有些胆怯，有些害羞，迟疑着往前蹭。那一刻我立刻意识到自己那不合时宜的存在，赶紧拎着相机闪开，给羊儿们让路。

刚跳到路边土坡上，转场的队列后出现了戏剧性的一幕——骑着黄马的小伙儿从后面赶上来，来到骑黑马的姑娘身边，他举着“V”字形的手让我拍摄，但转头一看，姑娘却羞涩地拉下草帽，遮住了脸。此情此景，让我禁不住放声大笑。可能是我的笑声太大，姑娘在越过我身边时，也抬起头来给我了一个会心的微笑。她穿着大红花朵的美丽藏袍，手里拿着鞭儿，笑起来是

山野间，牦牛群涉过湍急的河流，不紧不慢走向花香浓郁的草地

在夏秋两季，高原和牧区的羊群、牛群随牧草生长而转移

那么好看。难怪那小伙儿忘情地追。

远方的大山依旧云遮雾嶂，山脊上，枣红马奔驰着，转场姑娘的身影活跃在青山绿野的大背景中。风声里，我不能确定是否有一首悠长的牧歌远远飘来，若有若无地唱到：草原的风，草原的雨，草原的羊群……

阳光终于推开云层，照耀在草原和姑娘的脸上。转场的牧人们搭起帐篷，开始点燃干牛粪饼做饭了。而一旁的老奶奶也没闲着，她放下转经筒，做起佛像泥模来。在她身后，是一片正在新建的白塔群，这些小佛像塔是阴干后着色，再放入塔中封存的。

“这是怎么做的呢？”同伴问。她抬起头来，一脸圣洁的微笑，用手把酥油抹在小铜模里，再把黏土装进去压……“你会做吗？”我用手比划着，问正在做饭的小姑娘。可能我的手势过于夸张，她大笑起来。

带着花香的风里，那首歌又轻轻地，轻轻地飘了过来，草原的花，草原的水，草原的姑娘……

▲ 骑着黄马的小伙儿从后面赶上来，姑娘却羞涩地拉下草帽遮住了脸

▼ 姑娘穿着大红花朵的美丽藏袍，手里拿着鞭儿，笑起来是那么好看

姑娘们赶着牛群渐行渐远

▲ 转场姑娘的身影活跃在青山绿野的大背景中

转场的牧人们搭起帐篷，开始做饭了，小姑娘脸上露出兴奋的笑容

多么富有感染力的笑容

做佛像泥模的老奶奶

阿里转山

两个寂寞的身影行走在白雪皑皑的神山下，身后一条黄狗如影随形，难道，它也觉得一个人走太孤单？

那次，经过半天一夜的班车颠簸，我在凌晨4点多抵达了阿里地区冈仁波齐峰脚下的塔钦村，寻一间旅馆蒙头大睡直到午后。第二天清晨，随着那些虔诚的信徒，我踏上了漫漫转山路的第一步。清晨的光线柔和美妙，回望纳木那尼，一抹浅红的云雾缭绕在山峰之上。最初的徒步也是轻松惬意的，边走边拍照，转山小道上投射出自己长长的身影。背着大包袱拎着暖水瓶的藏民在前面走得飞快，叩长头的同胞则双手套着木板，三步一叩首。他们要走多久呢？这样一队队人马让我感觉转山之路并不寂寞，扛铺盖卷的，背登山包的，拎编织袋的，叩长头的……转山道上，我们同样平等。

一个小时左右，到达第一个神山礼拜台，这里只能看见冈仁波齐小小的顶端。经幡猎猎飘舞，藏民都停下来念经祈祷。天气好得出奇，神山上没有一丝云雾，峰顶白雪皑皑，闪闪发亮。

午后时分，坐在路边石头上吃过简单干粮，继续前行，阳光越发炽烈，山体荒凉干燥，经过德斯西方礼拜台、两头磐、释迦牟尼脚印等一些传说中的典故之地，终于到了芝热寺。这里面对神山北壁，又被称为“恰擦岗”——信徒在这里可以向神山进行五体投地的朝拜和许愿。

当晚投宿芝热寺。傍晚时分，大家聚在招待所旁的小卖部，那里有温暖的炉火和热情的藏民。小卖部的师傅不停地把牛粪添加到火炉上，不停地给大家的水杯续水。转山的藏民手捏糌粑，喝着酥油茶和啤酒，还啃着泡椒凤爪，乐呵呵跟大家一起聊天。

翌日清晨不到7点起床，喝几口热水，啃两个面包，天还没亮就匆匆出发。在漆黑的暗夜中，一行人马完全凭着感觉前行。走着走着，突然感觉漆黑的夜幕变得深蓝继而逐渐发亮发白，对面一直黑暗的山顶有了亮光，而另外一边的天空也染上一丝绯红，我突然意识到，神山就要亮了！静静坐在路边守候，仅仅几分钟时间，天空逐渐发红发亮，金色的阳光照射在冈仁波齐的金字塔顶端，然后从顶端一点点往下移动，白色积雪逐渐变黄变亮，直到整座山头完全笼罩在一片金色之中。我屏住呼吸，一点不能言语，忘掉一切思想，唯有机械地按下相机快门。

亲历日照神山的好运让我精神振奋，力量倍增。接下来的路段是一片荒凉的山坡，小路两旁怪石嶙峋，满山坡到处是各式各样的衣服和布条——藏民们认为，这样代表着一次象征性的死亡，留下一滴血、一束头发或一件衣服，就表示告别过去的苦难，开始新生。在幽蓝晨曦的笼罩下，这面山坡显得异常神秘和诡异。

卓玛拉山口，海拔5700米，是整个转山途中最具挑战性的垭口。远望山口的经幡，仿佛路程并不太远，可是这一段道路海拔升高，坡度渐陡，每走一步仿佛都背了沉重的包袱，气喘吁吁，一步一个脚印，慢慢往上挪动，终于在一个小时后顺利到达垭口。满山的经幡让人震撼，对面山顶的积雪在阳光照耀下闪闪发亮。那一刻，我的心里有些激动。

没作过多停留，沿一条狭窄陡峭的碎石小道下山，碧绿如玉的托吉错（慈悲湖）静静躺在谷底另一侧。下到平地，前方出现一段突兀的白色冰川，那样静静躺在乱石路上，就算有刺眼的阳光照耀，依然显得如此寒冷料峭。我以为已经走下垭口，没想到最难走的路还在前面。前方坡度陡降，几乎无法称之为路，全是很小的碎石，滑溜难行，只有顺着前人的足迹，身体呈半蹲姿势，一步一步从坡顶滑到底部。每一步都走得胆战心惊，稍有不慎就会摔倒滑下坡去。终于顺利到达谷底，看见了平坦的河谷和小路，河边小桥旁扎有几顶帐篷，这就是传说中又一处帐篷客栈了，歇脚的藏民在里面喝着热热的酥油茶。

前方路远，不敢多加停留，接下来是一段遥远漫长的平路。没有垭口和陡坡度，可就是这段路，却是总共55公里转山路中最让人绝望和崩溃的部分。道路似乎永远没有尽头。完全不知道走了多远，我的双腿只能机械迈动，走得精神完全崩溃。直到再次转上一道山脊，能够遥遥望见前方温婉秀丽的纳木那尼，精神才为之一振，我知道，塔钦不远了。又花了大约半小时走完最后几公里，终于在下午6点疲惫地回到圣地宾馆。

回想转山的两天，除了艰辛，更多的却是一种幸福的满足感。为什么要去转山？我认真地想了想，发现自己仍然无法给出准确答案。有一些事情，直到你老了那一天，或许才会明白，年轻的时候没有去做，以后就再没机会做了；或者，其实真的没有什么特别深刻的理由，仅仅就是那么简单：因为，山就在那里，我享受这样累并快乐着的过程。

身后传来一阵欢歌笑语，回过头去，湛蓝的天际下，走来三个身着鲜艳藏服的年轻姑娘

▲ 从这个角度看过去，海拔 6714 米的神山冈仁波齐形似埃及金字塔，它傲视群山，威凛万峰之上

➤ 牛头和玛尼石上写满藏族经文，显得如此神秘

➤ 晨曦初起，对面的天空染上一抹绯红，我突然意识到，神山就要亮了

早晨八点四十五分，这是我所见神山最美最迷人的时候，所有溢美之辞在这一刻都变得苍白无力

▲ 他们就这样背着一个破烂的编织袋上路，在苍凉和荒瘠的道路上前行

➤ 历尽艰辛终于到达海拔5700米的卓玛拉山口——转山路上最具挑战性的垭口，阳光直泻而下，满山经幡让人震撼

➤ 前方已能遥遥望见塔钦小镇，我终于绕着神山转了一圈。然而，对他们来说，转山之路远远没有结束——信仰是一辈子的事

丹巴处处美人谷

当我第三次踏上丹巴甲居那个如诗如画的小山村时，薄雾正轻柔地飘荡在山谷里。我不知道，在大山深处的丹巴，还有多少这样美丽的山谷？从海拔1700米到5521米跌宕跃升的丹巴大地，孕育了多达130条湍急奔流的河流，并在县城附近的三岔河口拉开大渡河源的雄伟篇章。

薄雾轻柔地飘荡在山谷里

在那云遮雾嶂的大山脚下，最大的一条河流叫大金川。而大金川河岸边，隐藏着一个美人谷。丹巴最负盛名的是那些戴着“白色王冠”的石砌碉楼，这并不是藏地民居的主流风格，却具有王者气派。蓝天白云下，积木似的丹巴民居屋顶的白色尖角就这样跳出树丛，让人不禁想到其中掩映着多少动人的人物与故事。美人谷里同样是戴着“白色王冠”的精致碉楼，那里的女孩曾多次在甘孜的选美大赛中夺魁，并获得前十位中“格桑花”、“玫瑰花”、“牵牛花”等多项桂冠，这条山谷也因此以如花女孩的风光声名在外。

但是，三访丹巴的我却发现：丹巴处处都是美人谷。譬如甲居，我认识一个叫“拉姆”的女孩，那是一个多么美丽的藏家姑娘啊！我为她拍摄的特写，曾刊登在一家旅游周刊上。面对雾中的甲居，想起这个在甘孜选美中被评为“石榴花”的女孩，那时叫我阿爸呢，不禁使我笑出声来。

我知道，“拉姆”在藏语中是仙女的意思，盛产美女的丹巴，仅在甲居这一片碉楼里，也许“拉姆”就有十几个吧！事实上，不仅是甲居，像在大渡河畔的梭坡，我就曾见到这样一个背着花椒、核桃来路边售卖的大姐，她那青春健康的脸庞多美啊！见我给那大姐拍照，一个小女孩也跑过来，我立刻转过镜头。在镜头中我看到的是像花儿绽开那样的开怀大笑。

而当甲居雾气的盖头缓缓掀开，我会看到什么呢？“拉姆”家的小院很温馨——满壁都民族风格的手工彩绘壁画，二楼是可眺望雾中甲居风情的平台，三楼同样有经堂和挂满香猪肉的小屋。在那彩绘的正方形花窗里，“拉姆”身着艳丽藏族服装，戴上头帕和银饰，围上邦典裙，站在窗口探出身来，为我们斟上一杯青稞酒。快门声中，我情不自禁地剪裁下一幅风情万种的油画画面。接下来，一群“拉姆”把酥油茶、青稞酒、香猪肉和饼摆上小桌。小桌放在可尽览甲居钟灵之地的露天平台上，我竟无法放下相机去品尝丹巴的美食，因为，“拉姆”为我在云端之上营造了一个天堂，我必须把这一切记录下来刻入心底。

一阵欢笑声、歌声从二楼平台下飘来，我忙走过去往下望，田野里，一群女人排成一行，正在播种呢！她们在种什么呢？是玉米，还是红豆？是希望，还是快乐？丹巴的生活是如此质朴动人，而美就源于这生活中的真与善。如此，丹巴处处皆是鲜花盛开的美人谷啊！

丹巴最负盛名的是那些戴着“白色王冠”的石砌碉楼，苍茫的大山就好像是它们舞台的帷幔

云遮雾嶂的大山脚下，耸立着雄伟的寺院

甲居一个叫“拉姆”的女孩，在甘孜选美中被评为“石榴花”

在甲居这一片碉楼里，不知道还隐藏着多少个仙女“拉姆”呢

一个背着花椒、核桃来路边售卖的藏女

还是棱坡村，一个女孩儿在我的镜头中像花儿绽开那样开怀大笑

近看甲居的藏寨民居，满壁都民族风格的手工彩绘壁画

➤

在那彩绘的正方形花窗里，“拉姆”身着艳丽藏族服装，戴上头帕和银饰，围上邦典裙，站在窗口探出身来，为我们斟上一杯青稞酒

大山脚下的田野里，一群女人排成一行，正在播种

"孜廓"路上的嫣然一笑

在我的记忆中，红旗飘扬的圣城拉萨，仍是一个令人感到亲切的小城。无论那里有多少令人震撼的风景，我最偏爱的还是红山脚下那条朴实无华的转经道，沿这条小巷围着布达拉宫转经，就是人们常说的"孜廓"。

十年前，在布达拉宫西南角的小巷路口，我曾发现过一个背影：这是一个人、一头驴和一条狗的背影。一个斜背着三弦琴，头发乱蓬蓬的流浪汉，骑在一头灰色的藏驴上，细细地踏碎了窄巷中的光影，一条毛发蓬松的小黑狗撒着欢跟在驴后……那时，这条小巷还很狭窄，太多孜廓的人群，不时挡住他，使我无法拍摄。

但是我由此认定：孜廓路上的精彩，不在巍峨的布达拉宫城堡、宗角禄康的湖面与园林以及白塔林和龙王庙，而在于日复一日散

圣城拉萨布达拉宫前红旗飘扬。围着布达拉宫转经的这条小巷，就是人们常说的"孜廓"

晴朗的午后，抱着小黄猫的老人推着经筒，在小巷深处默默地走着

落在路上的人生片段和故事碎片。

那是一个晴朗的午后，有许多老人在转经，也有很多孩子为这条古老的孜廓路添加了一份生动鲜活。白塔边，一个瘦小女孩的背影跳进视野。背影！又是背影！我快步向前奔去，只见她弓身伏向大地，小手套着木板向前“划”去。突然，她回过头来，望着我嫣然一笑。

我惊呆了，明媚阳光下，那是一张多么可笑的小脸啊——笑容像花儿一般绽开，而额头上却分外分明地印出了心形尘土痕。显然，那绝不是一朝一夕的印痕，我无法想像这样幼小的身躯，怎样跋山涉水去丈量高原上的漫漫长路？

▲ 匍匐在地叩着长头、缓缓向前移动的藏族老奶奶

▼ 穿上节日盛装的女孩

我快步上前抱起她，把在大昭寺买的一串檀香念珠递在她手中，我发现她的小手中还攥着些零钱，赶紧又掏出一张大钞塞到她手里。她的小手冰凉冰凉的，我问她，你叫什么名字呀？她摇摇头。还没上过学？还不会说汉语啊！

她叫卓玛？还是央金？她从哪儿来？又将去何方？我不知道。看着转经筒边微笑着的她，我能感受到，在那幼小的心灵中，有一个低视角仰望的博大世界，那里有从白云中洒落的六千真言和甘珠尔，有荷花上飘动的经幡和风马旗，有无边无际的雪山与大河，还有同样追求真善美的人们和他们的爱……

孩子双手合十在无声诉说

少年似乎在迷茫中寻找什么

一张可爱的小脸上绽开笑容，额头上印出了心形尘土痕

▲ 小女孩回过头来朝我嫣然一笑

▲ 一个瘦小女孩的背影

同仁六月会

▼ 六月会上的法师巡游

青海湖水青，祁连菜花黄，这个七月，我冲着梦中的雪山和湖泊来到这片大美之地，除了无尽美景，没想到还在同仁偶遇盛大的六月会，进而成为这趟旅途的最大收获。

当前方因为热闹的六月盛会而封路的时候，我正在西宁开往同仁的班车上昏昏欲睡。过往车辆排成长龙，堵车队伍越来越长，在车上等了半天没有任何动静，有人下去瞧热闹，我也稀里糊涂跟下车去一探究竟。站在公路中间的藏族交警又高又帅，他热情地告诉我，这里是距离同仁 15 公里的保安乡，一年一度的六月盛会即将开始，过往车辆均须绕道才能前行。藏族帅哥向我表达了对远方客人的欢迎，并向我大力推荐六月会的民俗风情，还让我不要担心看完六月会的交通问题，返回同仁的班车还有不少——啊，来得早不如来得巧，我的运气竟然如此之好！仅仅思考了一分钟，我就决定在此下车，立即跑回班车扛下我的大背包，冲向前方不远的六月会会场——全乡男女盛装而出载歌载舞，祭祀仪式原始而粗犷，那是多么激动人心的场面啊！

原来，同仁地区的六月会在每年旧历 6 月 17 日拉开序幕，周边几乎每一个藏族和土族村寨都会举行盛大的祭祀活动，包括龙舞、开山、上口扦、背扦等，时间 2~5 天不等。在隆务河的两岸，来自 20 多个村庄的上万名男女老少都穿上自己最美的服装，来参加六月会的活动。

保安乡的六月会场面宏大，相当热闹，全乡人员倾巢而出，身着统一服装，跳着丰收的舞蹈，神舞、军舞、鼓舞连绵不断，热烈奔放。帅哥交警告诉我，他若不是执行任务，也必须参加，纵然这样也得给乡里交上缺席罚金才行。不知不觉已到傍晚 6 点，保安乡的六月会进入尾声，我也顺利搭上了西宁至同仁的班车。汽车在依然拥挤的街道上缓缓前行，我坐在窗边的座位上，忽然看见刚才指点我的藏族交警站在街上，不禁冲他感激微笑，他也看见车上的我，大步走来把手伸进车窗与我相握道别。初抵同仁的际遇，让我心中涌出一股无言的温暖和感动。

第二天上午，参观完吾屯下寺，我来到邻近的霍尔甲乡。这是一个小小的村子，六月会就在庙宇中央进行，神秘的法师以及盛装而出的村民让我再次感受到六月会的如火如荼和炫彩魅力。作为整个六月会的灵魂人物，法师在周围信徒的念念有词中慢慢神灵附体，开始传达神的旨意。随后，法师口喘粗气，四肢抽动，表情时而痛苦不堪，时而疯癫痴狂，状若神志不清，似乎连他们自己也无法控制自己的身体。诸多舞蹈当中，年轻姑娘们的集体舞尤为奇特，她们手捧哈达，上身前倾，跨步转身，动作非常优雅舒缓。排在队尾的小姑娘们特别可爱，她们大多年纪尚幼，或许不太明白其中涵义，稚嫩和懵懂的表情惹人爱怜。

法师是六月会的灵魂人物，他们神灵附体，表情相当夸张而癫狂。

表演女子集体舞的年轻姑娘们排成一排，手拿哈达，动作优雅而舒缓

从当地人口中，我得知今年的六月会要数朗加村规模最为盛大。于是，在那个烈日当空的中午时分，我从县城搭乘小面的去麻巴，再从麻巴包车到了郎加，几经转折终于来到这个偏远的小村。跟此前几个村庄狭小的六月会场地不同，朗加村的地势非常开阔，六月会在宽敞的场坝举行，活动规模果然宏大，法师的投入及神秘程度，还有村民扬起的满场尘土也是盛况空前——心疼我手中的相机啊！围观群众实在太多，我完全没法挤进密不透风的人墙中。

站在人群外围，听见里层传来阵阵吆喝，精彩的上口扦、背扦、砍红山等节目相继上演，法师已经头破血流，却依然若无其事地在长达几小时的时间里舞蹈、做法，场面如此震撼。

我在六月会的会场里到处转悠，那些盛装的乡民同样吸引我的目光。身着蓝布小袄的老年妇人，撑着俏丽小伞的盛装女子，更多的是扶老携幼的大家庭，他们三五成群，轻声谈笑，也成为我眼中的美妙风景。

据说只有20岁以下的未婚姑娘才能参加这个名为“尕尔东吉乔巴”的女子集体舞

法师已经神灵附体，在传达神的旨意

围观的小朋友们正在享受清凉，他一个人在旁边有些落寞，玩着自己手中的玩具

表演暂告一段落，这个懵懂的小男孩跑到场地中央，不明所以地用小棍快乐地敲打起来

阳光如此炽热，面对镜头，她的笑容略带腼腆和羞涩

德格印经院

或许是翻越了号称“川藏第一险”的缘故，到达德格的当天，我的身体不大舒服，可还是抵制了雀儿山宾馆舒服大床的诱惑，来到了印经院，加入了络绎不绝的转经人群。绕着印经院围墙转了几圈之后，坐在门口的台阶上，微笑着看着络绎不绝的转经人，不时举起相机为转经人拍照。开始的时候，人们还躲避着我的镜头，等人们转了两三圈之后，看上去面熟了，也就不再躲避，甚至还冲我微微一笑。人群中有一位喇嘛装束的中年人，走过来跟我打招呼，问上几句哪里来、哪里去的话，继续转经。印经院的占地规模并不大，绕着围墙转经，很快就可转上一圈，这位中年喇嘛，每次经过我的面前，我们都要相对一笑。第二天再去印经院又遇到他，自然又是相见一笑，

正在印刷经文的人们

仿佛是每天都见面的老熟人。

德格是我国藏区三大文化中心之一，德格印经院以收藏文化典籍最广博、门类最齐全、原材料制作考究、印刷质量上乘而闻名。德格印经院内的传统印经工艺已有1500多年的历史，是一门传承历史悠久、工艺独特的独特技艺门类。目前德格印经院的印经工艺是在藏区唯一保存着并在实际工作中运用的传统技艺，在其他地区均已失传，称得上是“中国活版印刷的活化石”。印刷由两人配合完成，一人刷墨、铺纸，一人持毡辊拓印，两个人相互协作，配合默契，一起一伏间动作流畅连贯，颇具韵律感，古老的印刷技艺与印经文化的完美结合发挥到了极致。听说德格印经院正筹划将刻版和造纸两项独特而传统的印刷技艺申请非物质文化遗产，窃以为此议甚佳。

德格印经院收藏木制刻版27万块，其中有许多珍贵刻版

▲ 刻版工作很费眼睛，一般都由年轻人担任，而且用不了几年，视力下降就无法再继续刻版了

▼ 传统的抄纸工艺。这样抄出来的纸张色微黄，纤维柔性好，吸水性强

在印经院山坡上面不远处还有一座佛学院。不是上课的时间，年轻的喇嘛们三三两两地聚在一处闲聊着。我径自走进院子，征得同意后进入一间喇嘛学员的宿舍参观。这间宿舍里住着两个学员，都是十五六岁，来自云南的泸沽湖，他们要在这里学习三年的时间。宿舍的设施很简单，从墙上的大幅招贴画可以看出，学员们同样向往外面的世界，同样有着追求时髦的心。

➤

印刷用墨有朱墨和烟墨两种。朱墨用朱砂研制而成，烟墨用杜鹃树皮熏烧而成。这位正在研墨的老者，正同他的伙伴谈笑风生，虽然听不懂他们在说什么，但那一刻我领会了“劳动是快乐的”

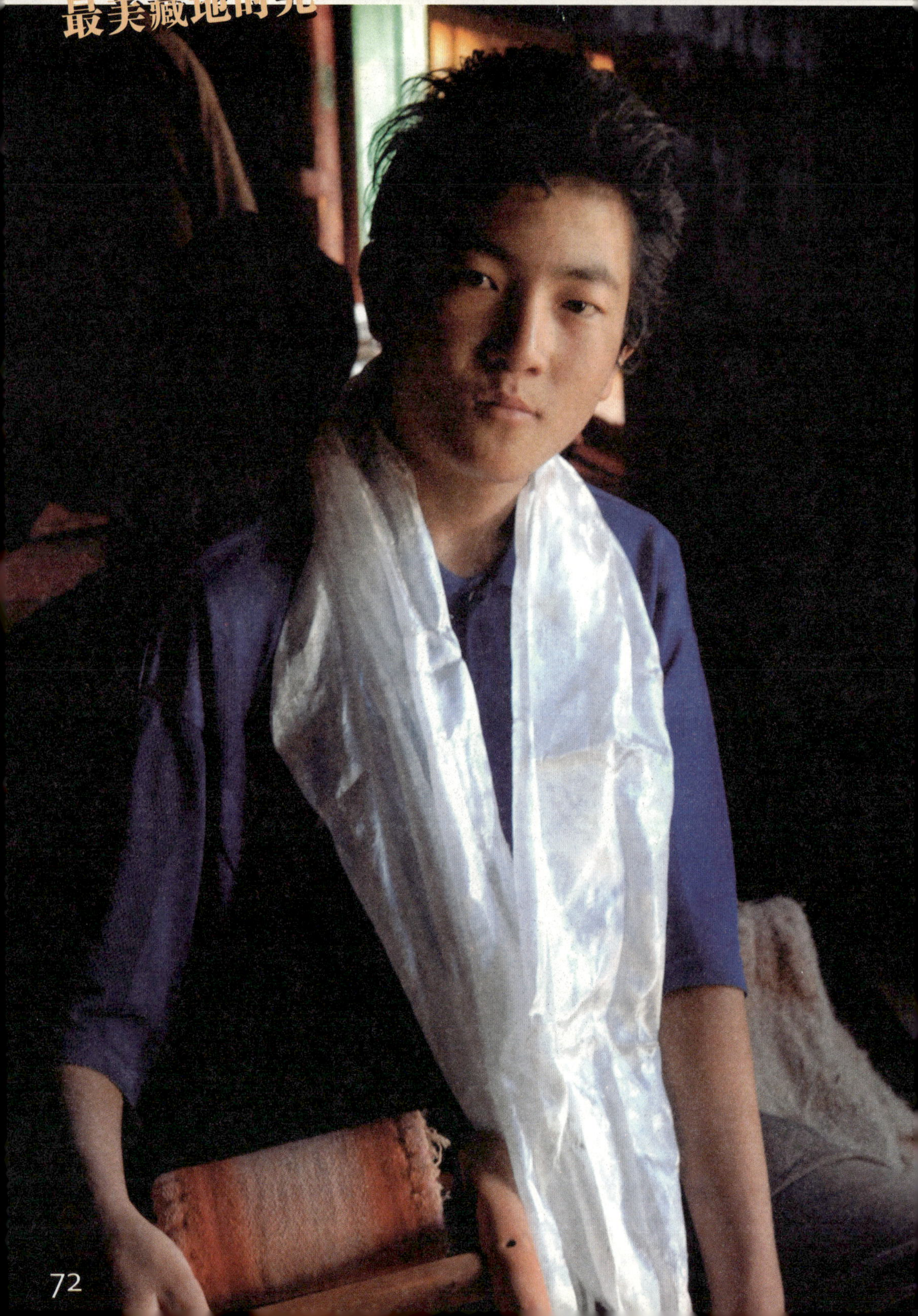

▲ 印经院楼顶上的度母殿内有一位住持喇嘛，为前来的信众做法

◀ 手持拓印毡辊的年轻印工。小伙儿让我给他照相然后寄给他。我给他照了两张，这张严肃一些，另一张他笑得很开心。想必他后来一定收到了我寄给他的照片吧

年轻僧人的脸上透着稚气

庄严的诵经声刚一停歇，院子里立刻被年轻僧人的欢声笑语填满了

佛学院的宿舍。刚好一名隔壁宿舍的学员经过窗外，探头来打招呼，那一刻，我觉得窗里窗外都充满了希望

川西高原上的喇嘛运动会

那本来是川西高原一个普普通通的下午，却因一场特殊的运动会，成为我旅行生涯最特别的记忆之一。

那个午后，我正漫无目的地闲逛、晒太阳，在散落于山坡上的各个大殿里钻进钻出，盘算着晃悠到太阳下山，去喝杯酥油茶、吃个苹果派或者牛肉面之类的，然后睡个黑甜的觉。来郎木寺几天了，每天都是这么闲散地度过。不过今天貌似有些特别，平常都待在寺里的喇嘛们，正三三两两地向着山上聚集，有的还边走边打电话，想来有什么法会之类，反正没什么安排，索性跟上去看个究竟。

转过几个弯，远远望见两山之间一带略宽敞的坝子上，变戏法般地冒出了十数顶帐篷，仿佛一夜之间长出来的巨大蘑菇。走近一个较大的帐篷，门前有灶，木柴烧得哔哔剥剥地响，笼屉里冒着蒸汽。帐门开着，喇嘛们围坐在桌旁，正动作娴熟地包包子。帐篷角落堆放着油桶、暖瓶、饮料、小吃之类，电视里梳着“把把头”的宫女格格们操着一口流利的藏语款款而行。有喇嘛向我招手示意，递过来一个热包子，张罗着为我倒上酥油茶。我从来不拒绝任何原生态美食，再加上刚蒸出来的包子非常好吃，三个油汪汪而散发着浓重羊肉味的藏包子下肚，让我直接省略了当天的晚餐。边吃边聊，喇嘛兄弟的汉语相当一般，连蹦词带比划，我总算弄明白今天是个节日，喇嘛们放假，是一年中少有的不用念经的日子。

正聊着，外边一阵骚动，就见一群年轻人疯狂地在草地上奔跑，争抢着一只足球，那只可怜的足球时而被抱在怀里，时而被抛在空中，时而被踢向远方，虽然看不出如何计算得分，但这明显是一种类似于橄榄球的运动。十几个小喇嘛如一阵风般地从身边刮过，伴着呼喊、喘息和欢笑，长袈裟一点也没有影响他们的动作，急停、转弯、扑救，青春的气息在天地间恣意澎湃。这是我见过最自然美丽的运动场，白云从湛蓝的天空飘过，云朵的阴影缓缓掠过绿色的草原；或黄或白的野花自顾自地绽放，随微风摇摆着身体；运动场边缘，绛红色的岩壁高傲地耸立，恰如那位身着袈裟冷峻观战的少年。

团队项目结束后，个人项目上场，这个项目与世界大力士锦标赛异曲同工：一只装满泥土的麻袋放在场地中间，为了便于握持，还拴上了麻绳，几个矿泉水瓶标示出起点和终点，参赛者要抱起麻袋走过这段距离。经过一位看起来像是裁判长的中年喇嘛反复动员，终于有选手上场了，尝试了几次，脸涨得通红，却没前进多少，惹来一阵哄笑。喇嘛们开始互相起哄，被点将的要么踌躇满志地走向前去一试身手，要么摆着手落荒而逃，无论成败，没有掌声也没有奖牌，成功者收获几声唿哨，失败者得到一阵哄笑。比赛结束后，我也上去偷偷试了试分量，至少百把斤，铆足了劲也只能把麻包提离地面一点，向前走根本就是奢望。

最后的项目是排球，两个站在凳子上的喇嘛举着根绳子就算是球网，刚才的足球此刻已变身为排球。球网一方是喇嘛，另一方是山下由赛赤寺赞助的希望小学的师生们，这项目我还能比划两下，于是放下相机加入孩子们的行列。不过我很快发现，没有规则就是这游戏的规则：没有边线，没有裁判，没有比分，只有那种简单纯粹的快乐。不管是什么姿势用什么部位，只要把球弄过网就好；要高兴了，球会在球网一侧疯狂传递，让球网对面的人面面相觑。

运动会的闭幕式富有戏剧性，突如其来的一阵风终结了排球比赛，刚才还是对手的双方，齐心协力在十多分钟内搭起一个足有数十平米的大帐篷，立柱的，搭棚的，压边的，打地钉的，没有人组织，却默契而高效。我怀抱着支撑帐篷的高大木柱抵御着骤雨疾风，扶着那柱子的，还有无数双大手小手，我的周围都是笑脸，我们就这样傻呵呵地笑着，直到雨过天晴。

呼朋唤友

端坐看好戏

▲ 我来了！都别抢！

▼ 旁观者清

有些郁闷的裁判长

两膀一较劲……居然提不动

▲ 你不服，上去练练啊

▼ 听喇嘛讲那过去的事情

郎木寺辩经

抵达郎木寺的当天下午，门口的僧人就告诉我晚上有辩经，并耐心地指示我该如何去往大经堂。这让我立刻对郎木寺产生了好感。要知道越来越多的游客闯进寺庙里，既干扰了僧人们的正常生活，也改变了僧人原有的热情和朴素。虽然郎木寺小镇已经开始恍恍惚惚地浮动一丝物欲，但是僧人们仍然质朴和热情。

辩经还没有开始，大经堂外面已经逐渐聚拢了不少喇嘛，看得出来喇嘛们对即将开始的辩论充满期待和热情。我问坐在草地上的一个少年喇嘛：“你今天会参加辩论吗？”他笑着指指身后一位同样年少的文静喇嘛：“他辩论的。”身后的喇嘛点点头，很有自信的样子。

郎木寺的辩经规模盛大，大经堂外有数百僧人分成很多小组进行辩论，有的只是两个人一组，旁边不时有年长的僧人走过。这里像是初级僧人的讨论会，年长僧人似乎在指导着讨论。在另外的殿堂前面，则是五六个人或者

▼ 那一瞬间的晨光闪现，难道是佛祖为我开启的一道门吗

七八个人组成一组进行辩论，更像是高级一些的僧人的辩论课。坐在不远处看着僧人的辩论，虽然听不懂，但那些表情却非常打动人。有的激烈，有的冷静，有的滔滔不绝，有的三言两语，有的手舞足蹈，有的指指点点，有的群起攻击，有的独自作战……场面非常激烈和精彩，即使听不懂，也能感觉到讨论得非常投入。

不知不觉中天光已经黯淡下来，僧人们却似乎仍是激情四溢。

翌日清晨，大经堂对面的山坡上，青草沾满了露珠。一片片隆达飘飘洒洒从天而降，转经的人们将印满经文的纸片抛向空中，寄托了他们对神灵的敬畏和对幸福生活的祈祷。顺着转经的小路，我也开始围绕着经幡塔转了起来。一直笼罩在东方山头上浓密的云彩，忽然裂开一道缝隙，晨光一瞬间照亮了山坡对面的郎木寺的佛殿和佛塔，但很快又躲藏到云彩的后面去了，空中甚至还飘起了雨丝。那一瞬间的晨光闪现，难道是佛祖为我开启的一道门吗？

不知道什么时候，大经堂外又聚拢了不少僧人，又一场辩经开始了。

辩经还没有开始，大经堂外面草地上等候的少年喇嘛对即将开始的辩论充满期待和热情。对我这个不速之客，有问必答

虽然听不懂，但那些表情却非常打动人

辩经表情之一：你怎么这么顽固不化

辩经表情之二：你怎么能够说服我呢

▲ 辩经表情之三：你把你刚才的话再说一遍

▼ 辩经表情之四：这个人简直不可救药了

大经堂外，一大群藏族妇女正在夯土墙。我知道用阿嘎土夯屋顶叫做打阿嘎，我不确定夯土墙是否也这么称呼。这种土墙在北方叫做“干打垒”，是比较原始的一种筑墙方式

提问的僧人不停用击掌和挥动念珠的方式强调自己的主张，这位年轻僧人击掌的姿势好像在翩翩起舞

辩论的时候气氛很热烈，休息的时候有说有笑，是好兄弟

东达山，七月飞雪访藏家

曾经多次进入藏区，至今回想起来，最精彩的一幕莫过于在东达山遭遇七月飞雪，到藏族牧民帐篷里做客的经历。那一次，我们沿着川藏线进藏，在翻越海拔 4200 多米的东达山时，阴沉沉的天空突然洒下雪粒，车上的人不约而同地欢呼：下雪了！随着海拔的增高，零零星星的雪粒变成雪花又变成

鹅毛大雪。雪越下越大，很快道路和山峰都被厚厚的积雪覆盖了，天地间一片白茫茫。

猛然间，我们瞥见路边有牧民的帐篷，还有牧民在冒着大雪挤牛奶，于是停下车来拍照。若不是大雪，大多数过路的车辆都不会在这里停下来，因

高原的天气多变，山脚下还是艳阳高照，山顶已大雪纷飞。大地白茫茫的，牦牛在风雪中靠拢在一起，远处的帐篷只剩下轮廓。那情景简直就是一幅写意中国画

雪中劳作

为距离垭口还有一段距离，人们通常要一口气冲上垭口再休息。有位牧民跑过来，热情地打招呼，邀请我们去帐篷里喝茶。啊，天上不仅下雪，还降下好运！

跟随那位藏族帅哥进了帐篷。帐篷很大，里面有火塘、睡铺，有打酥油的酥油桶，有生活用具，还有一辆摩托车，小牛犊还经受不住风雨也住在帐篷里。主人捅旺了火塘里的火，打起了酥油茶。一会儿，茶做好了，主人先倒了一点点，轻轻地涮了一下倒掉，然后再斟满茶碗递给我。我双手接过，轻轻地呡上一口，然后一饮而尽。我向来喜欢喝酥油茶，但如此朴实的酥油茶却是头一遭。帐篷里很暗，因为雪大，主人又把顶上的气窗盖上了，愈发昏暗，火塘的烟气排不出，我们很快被呛出了眼泪。年龄大一点的小伙子还能说几句汉语，妇女和小孩子就没有办法沟通了。即便这样，我们还是在帐篷里停留了很长时间。为了感谢主人的热情，我们给了孩子们一些吃的东西。当我们得知他们最需要药品的时候，把随身带的感冒药等常备药品留给了他们。

我们对主人的热情接待再三表示感谢，恋恋不舍地回到车上，才在大雪中再次启程，驶向那未知的遥远地方。

牧民跑过来邀请我们去帐篷里休息喝茶，而我们则有些受宠若惊了

如今牧民放牧的交通工具是摩托车，而不再是马。
据说养马的成本很高，反倒是摩托车更经济一些

小姑娘是家中的宝贝，看她打酥油的样子就知道在家里是不干活的

给孩子们照了合影，但是没有办法寄给他们，因为没有固定的地址

▲ 喝下一碗酥油茶，浑身立刻就暖和了许多

▲ 藏族小姑娘试图把她的雪莲卖给我们，纯真的笑脸是那样的感人

▼ 雪中的牧民脸上依然透出喜悦

拉萨的隐秘时光

从布达拉宫返回小昭寺路的客栈，我偶然走进北京东路上的这个小寺庙，天空正蓝，阳光正好。

木如寺，藏在一个毫不起眼的藏式民居大门内，小小的寺庙和它的名字一样低调。一眼望去，是一个有些杂乱的居民大院，孩子们在二楼的走廊上打闹嬉戏。再往里走，黑色的窗，明黄的墙，暗红的顶，木如寺的建筑在阳光下明艳逼人，和旁边破败而喧嚣的居民大院形成强烈反差。

▼ 木如寺藏在这样一个充满世俗气息的居民大院内，破败的建筑，光鲜的越野车，欣欣向荣的花草，红红绿绿的床单和衣服……

黑色的窗，明黄的墙，暗红的顶，寺庙建筑在阳光下明艳逼人，和旁边破败而喧嚣的居民大院形成强烈反差

默默绕着昏暗的大殿走了一圈，寺内只有三两个僧人默坐诵经，没有别的游人，这里的静默和安详与拉萨其他寺庙落差太大。走出大殿，下午的强烈阳光照射在寺门的帷幔上，法轮和对羊在通红逆光的映衬下，显得那样神秘、神圣。门口坐了一位红衣喇嘛，正和椅子上的白色猫咪逗玩，阳光投射下洁白的光束，猫咪调皮地追着自己的尾巴，在毯子上打滚撒娇，僧人的脸上绽放出天真的笑容。

退回居民大院，仿佛一瞬间重回世俗生活。在斑驳的白墙窗台上，鲜艳的花朵在简陋容器中迎着阳光怒放，天真的孩童仍然在同样斑驳破落的土墙上嬉戏打闹。

阳光照射下的帷幔，显得如此奇异神秘

红衣僧人和白色小猫的逗趣，为庄严的寺庙增添了几分生气

走出木如寺，旁边紧挨着的是下密院，曾经的藏传佛教格鲁派密院最高学府之一，如今却比木如寺更为安静，仿佛无人知晓它的过去，唯有门口那块由拉萨市政府在2007年所立“西藏自治区级文物保护单位”的牌子悄悄泄露了曾经的辉煌。

▼ 大院内的孩童在斑驳破落的土墙上嬉戏打闹，他们的世界简单而快乐

下密院的大殿，蓝，红，白，色彩如此和谐

炽热的阳光下，两位老妇在经堂前虔心跪拜。不愿打扰她们，我在周边游走游逛，拍拍蓝天和建筑，或在花坛边看着她们发呆。突然，戴着红帽的老人远远向我招手，示意我走过去，看我相机中拍了些什么。看见照片回放出现的寺庙和蓝天，她很开心，对我说着听不懂的言语，然后指指自己，让我给她拍照。

脸庞和脖子的风霜与皱纹暴露了她的年龄，以及曾经的劳作和困顿。面向强烈照射的阳光，她几乎睁不开眼，于是眯着眼咧开嘴对着我笑，对着镜头中那个沧桑的自己而笑，开心，毫无城府。我好想知道她心里在想些什么，可惜听不懂她的话。

安静的下密院没有一个游人，只有炽烈的阳光在寺庙的白墙投下黢黑的阴影，还有楼顶那盆黄色小花，静静盛放，娇艳欲滴。这个秋天的下午，这是属于我的隐秘时光，就在木如寺和下密院。

她静静坐在寺庙门口，不知在阳光下想些什么

下密院给我留下的最后记忆——斑驳的白墙，飘起的窗幔，鲜艳的盆花，还有踽踽独行的背影

青朴修行地

遥遥青朴修行路，历经千辛和万苦。青朴难，难于上青天。这是真的，特别是对于旅行者，如果没有做好在颠簸中吃灰尘的准备，最好就放弃这一景点。为了在卡车上站在前面一点的位置，很多住在桑耶寺旅馆的藏民半夜就起床，爬上去青朴的东风大卡车。好不容易等到早上六点钟车子启动，裸露在凌晨寒风中的几十号人就在晨星闪烁下抓紧车上冰冷刺骨的蓬杆。路由江边坝子转入山路，路况更为恶劣，车上的人左摇右晃，前倾后摆，挤成一堆的人们在尖叫声和笑骂声里一起被抛起落下。直至整个人蓬头垢面地放弃了在车上的抵抗，远在天边的青朴才终于近在眼前。

▼ 从青朴望出山谷

阿尼修行屋窗台上的花

建在山崖上的修行屋

青朴高高在上，眼睛忽然之间为之一亮，只见流水淙淙，鸟语花香，桑烟袅袅，一如传说中的世外桃源。抬头向山上眺望，透过山林，众多的庙宇、修行者的小屋若隐若现。五彩的经幡高高在上随风飘扬。一路行来，头顶是遮天蔽日的灌木丛，身边是沿着石阶跳跃、翻飞嬉戏的鸟儿。这里的僧人、阿尼把这些胖嘟嘟的大鸟宠爱得都不怕人了。继续上行，山路两边苦行僧的洞窟逐渐多了起来，最小的修行洞，人在里面不能转身，不能直腰，甚至平躺的时候连脚都不能伸直，不能想像洞口那个神态自若喃喃念经的修行者，是如何在洞中度过这么多长夜的。在一个突出的山顶，更是修行人云集，一块巨大的石头周边有很多小洞穴，安上一个木门就是他们的修行处。也许是青朴的名气越来越大，后来的修行者觅不到天然的洞穴，只好在大树下搭建简单的小屋。其实这里更像是一个简单的小村落，或者他们之间还可以串串门，聊一聊心得。走近任何一家，屋主都会热情地请你喝酥油茶，当然，可能也

修行的阿尼

会请你在香火前捐上一点钱。沿着山间小路继续往上走，情形就不一样了，只看到山壁上几处很不显眼的洞穴，都只留一个仅容弯腰进出的小门，小门紧闭着，只传出诵经的声音。也许他们才是真正的隐者。

相传，青朴修行地的大山里曾有108座修行洞，最著名的莲花生修行洞现在已被一座凭崖而立、气势不凡的寺庙包围起来，进到屋里，但见墙壁边供着几尊以莲花生为首的佛像，几位挺和气的喇嘛会主动把你引入一个黑乎乎的小山洞，洞顶上方镶嵌着一块的黑黝黝的石头，不知是否是给千百年来的香火熏的。据说，在黑石下许愿相当灵验，想必当年莲花生修得正果时给这块石头开过了光。

青朴三面环山，山谷正南面开敞处正对着雅鲁藏布江的宽广河谷，观景非常有气势。很多藏族人乃至游客都将这里视为圣地，千里迢迢地奔它而来，其中的魅力，绝对不止是景色，更因为这里是所有人心目中的最佳修行地吧。

曾有经历过青朴路的驴友咬牙切齿地发誓再也不来了，而经年之后，又会在青朴的深山里看到他们的踪影——这让人又爱又恨的青朴啊！

青朴山上，传说中天然形成的三佛像

转经筒的藏女

▲ 修行者

强巴林寺的早课

昌都的强巴林寺是我非常喜欢的一座寺庙。喜欢的理由很简单：它很开放。即使是夜晚，大门旁的小门也开着，可以走进去随便看看，也不限制拍照，即使是早课期间也可以在大经堂内随便溜达和拍照。僧人们很友好，很乐意与一个游客交谈，你可以尽情地坐在他的身边，似懂非懂地与他聊天。这里可以见到大法师甚至活佛，可以跟大法师合影留念。还有一条算不上理由的理由，强巴林寺居然不收门票。

那次到达昌都的时候，天已经很晚了，我还是迫不及待地来到强巴林寺。寺庙门外还有三三两两的转经人，大门已经关闭，但还开着一扇小门，借着黯淡的街灯光穿过小门就进入了寺里，暗夜中寺庙很是寂静，有一种特别肃穆的气氛。

第二天一大早，又赶忙来到强巴林寺，一路上都是口中念念有词的转经人，甚至出门倒垃圾的妇女也口念经文。寺庙外转经的人们已经熙熙攘攘了，随着转经的人们围绕寺庙转了一大圈，大门已经开放了，寺里年轻的喇嘛们在忙碌着，提着装满了酥油茶的木桶从茶房往大经堂里去送酥油茶。殿堂里正在念早课，诵经声悠扬，仪轨肃穆。忽然间，我似乎完全忘记了自己旅行者的身份，顺势坐在一位喇嘛身边，就静静地听着他们诵经，虽然听不懂内容，但是那声音却很打动我的心。

殿堂外台阶上坐着一位中年僧人，示意我过去坐在他身边。我试图弄明白为什么这位中年喇嘛不在殿堂内做早课，却在这里。但是由于语言交流的障碍，我最终还是没有明白其中的缘故。中年喇嘛表示出了特别愿意交流的意愿，问我从哪里来，打算到哪里去，我则问他是哪里人，在寺里待了多久了。其间一位弟子来向他报告功课，看样子他对弟子的功课不是很满意，用手指点在弟子的额头上，很严厉地训导弟子。

大经堂的功课，更像是初级学生的晨读，大伙儿一起齐声诵经。而在另外的小经堂，则像是高级学生的研讨课，僧人们齐声诵一段经文，然后其中一个人演讲，接下来再一起诵经。其间还会击鼓和吹响螺号。整个过程仪式感非常强，僧人们表情肃穆、神态庄重，诵经声低沉而悠扬。我是在无神论教育下长大的，对于宗教的理解总不能透彻，但那一刻，我能感觉到内心的清澈。

强巴林寺围墙之外，一天到晚都是络绎不绝的转经人

大经轮房内的巨大的转经筒几乎一刻都不曾停歇

寺里年轻的喇嘛们在忙碌着，提着装满了酥油茶的木桶从茶房往大经堂里去送酥油茶

▲ 大多数僧人在正襟危坐地诵经，年轻的喇嘛则为诵经的僧人们碗里斟满酥油茶

▼ 大经堂内僧人们正在念早课

小经堂更像是高级学生的研讨课

寺内供奉主佛强巴佛，寺因佛而得名强巴林寺。强巴佛，相当于汉传佛教的弥勒佛，是主管未来世界的未来佛

常在藏区行走的人们，对化缘的僧人都很慷慨，通过布施结下佛缘，闻到佛法，种下善根

藏族信众们通常自己省吃俭用，但对于佛祖的供奉非常慷慨。这位老阿妈正在用颤抖的手数着零钱，准备布施给寺庙，结下佛缘

我喜欢小喇嘛那双明亮、清澈的眼睛

道孚民居

棕色和白色混搭的道孚民居像一方方积木，处于青稞田和草原之中，组成妙不可言的奇幻美景

在道孚这片钟灵毓秀、人杰地灵的大地上，散落着藏人传奇般的杰作——道孚民居。

这是一种叫作“崩空”的藏式建筑，以石砌或夯土结合木架结构构成，色调由棕色和白色组合，白色的屋顶，白色的石砌或夯土墙，红棕色的木构，配以精心装饰的色彩艳丽的窗户。在蓝天、白云、青山、绿水的映衬下，棕色和白色二色混搭的道孚民居，像一方方积木，处于青稞田和草原之中，组成妙不可言的奇幻美景。

那一天，我落脚在道孚县城城外的一处藏族民居。这家的男主人是退休的政协干部，七十多岁了。家里有三个女儿，大女儿、二女儿已经结婚，在旁边盖了自己的房子，小女儿三十多岁了还没出嫁。她们的外公从前是当地的土司，家境富裕，她们因此得以积攒了足够的财富来建造这座富丽堂皇的房子。

道孚民居多是两层楼房，一层有厨房和贮藏室，二层是客厅和起居室，还有一间经堂，顶层是平台，照例有一个煨桑炉。建筑用原木构成，无论是柱子还是房梁都是非常粗实的原木，主人说如今这样粗的原木已经很难见到了。房屋内雕梁画栋，隔扇门窗都装饰以藏族传统的吉祥图案，装饰非常精美豪华，仿佛一间间艺术殿堂。

在炉霍、道孚一带的鲜水河河谷，公路两旁郁郁葱葱的田野里，散落着无数棕白两色的“崩空”民居。一路下来，各式风格的藏寨看了不少，心想如果遇到正在修建的新房该多好啊。可以想像，当仁真一家刚刚搭建出框架的新房出现在视野里的时候，我该有多么激动！仁真家在炉霍与道孚交界的仁达乡，新房主体结构的立柱和一部分横梁已经搭建完成，正在往梁上搭更多的横梁。一根粗大的横梁，被捆绑上了绳子，通过立柱上方的一个滑轮绕下来，连接到三台拖拉机上，拖拉机加足马力向前冲，打算把横梁吊上去。横梁太粗大了，重心也不好掌握，拖拉机反复冲了好几次，才终于把横梁吊了上去。劳作的人们松了一口气，停下手中的活计，与我们这些不速之客攀谈起来。

据说，这样一座房子的木料是多年积攒下来的，很多粗大的原木是早年间买的，现在这样粗大的木料很少了，价格非常昂贵不说，还需要政府批指标才能买到。盖房子是村里的人互相帮助，并非是一家之力。干活的是村里的青年男女，男主人则在一旁招呼协调。那天阳光明媚，除了拖拉机吊起横梁那一刻还有些许紧张外，其他时间青年们边说笑、边劳作，样子是那么轻松惬意，好像劳动从来就是一件快乐的事情。

白色的屋顶，白色的石砌或夯土墙，红棕色的木构，配以精心装饰的色彩艳丽的窗户

春天来了，金黄色的油菜花映衬着棕白相间的“崩空”民居，胜似仙境

道孚民居中会有一间经堂，是家人拜佛念经的地方。这家的经堂装饰得富丽堂皇，曾经两次登上《中国国家地理》杂志

房屋内雕梁画栋，装饰精美豪华

经堂佛龛的装饰，精美绝伦

拖拉机加足马力向前冲，打算把横梁吊上去

这样一座房子的木料是多年积攒下来的

青年们边说笑、边劳作，样子是那么轻松惬意，好像劳动从来就是一件快乐的事情

等候活佛

那天的行程是走向甘孜。甘孜的“洁白美丽”是因为它是“雪山之城”，有人说那是鲜为人知的“雪域边城忘忧地”。甘孜城最美之处是有一条大河绕城流过。当清晨第一缕橙红色的阳光洒在江畔浅蓝的雾霭中，嫣红的彩云、蓝色的晨雾都仿佛贴着地面，托起了一座淡绿色的平顶山峦。

清晨第一缕橙红色的阳光洒在江畔浅蓝的雾霭中

山谷中一排金碧辉煌的白塔矗立

这是雅砻江，它绕过县城边高大白塔的剪影，闪烁着波光直奔那平顶山峦而去。氤氲雾霭中，一缕炊烟正缓缓升起，这不仅是想像，也是向往中的实景。而当越野吉普喘着粗气穿过荒凉的雪山谷时，山谷中一排金碧辉煌的白塔矗立着，像是列队在等候什么。

驶出荒芜的山谷，高山雪线下的村落开始出现，让人感觉又回到了人间。

前方，那一汪美丽的天湖美得让人怦然心跳——花地上的水洼里倒映着蓝天、白云和山峦，群山环抱中湖水湛蓝宁静，平静的湖面以博大的胸怀，把天空和群山完全揽入怀中，明镜中仿佛一切都凝固了……

越过卡莎湖来到七月的草原上。阳光清凉如水，正照耀着我此生从未见过的一片斑斓的花海。苍穹下，辽阔的草原上已不是大大小小零星的花毡，而是一片飞花的海洋。紫色、红色、黄色、白色的花儿，一堆堆、一簇簇地铺满了大地。我把手伸出车窗，仿佛能抓一把云朵回来，整个车里都是花香。

远方，一座圣洁的大白塔出现在苍蓝色的大背景中，那就是著名黄教寺院甘孜寺。阳光穿过厚厚的云层，一束雪亮的光柱照亮了寺院后的山冈。啊，天使光！佛光！今天是什么日子？雪山、圣湖、光束、花海……一切都没有一点声响，宁静地出现在视野中，显得神秘而又庄重。

突然，我发现车窗外一排系满白绸哈达和五彩鲜花的摩托车停在路边，一个盛装的男子正微笑着凝望远方。赶紧停了车，下车一问，原来他们是在等候着迎接将要路过的活佛！

山坡上，公路边，弥漫着一种祥和欢乐的气氛。这些平日里分散在方圆几百里山野间极难相聚的人们，在等候活佛的一刻里聚在一起，都尽可能地在打扮着自己。男人们四处溜达着，那些崭新而多彩的藏袍、那些别致的帽子和精致的挎刀，把康巴汉子衬得特别英武彪悍。而女人们则大多顶着刺绣头帕，穿着邦典裙，三五成群地欢笑着聊家常。只有几个老妇人还穿着干农活的衣服，但同样喜笑颜开。

从摇着转经筒的老人眼中，可以看到满心的期盼与祈求。而寺院里跑出来的小喇嘛们，也收起了孩子气的调皮、活泼与好动，相依在一起虔诚地望着远方。最动人的一幕是三个女孩早早地手捧哈达站在路边，从她们那纯真的笑容里，我读到了她们的憧憬，尽管她们也许还不明白活佛的到来对她们意味着什么——她们只是以幼小纯朴的人性心灵，去理解佛与佛性的博大世界。

七月的草原是一片飞花的海洋

▲ 阳光穿过厚厚的云层，照亮白塔后的山冈

▼ 盛装的男子微笑着凝望远方

▲ 人们在等候活佛的一刻里聚在一起

▼ 从摇着转经筒的老人眼中，可以看到满心的期盼与祈求

小喇嘛们相依在一起望着活佛到来的路

三个手捧哈达的孩子

云深不知处

波密岗乡生长着粗壮茂密的云杉林

要不是时常闯入视野的雪山，那茂密的林荫大道几乎让人忘记这里是青藏高原

要不是时常闯入视野的雪山，波密那茂密的林荫大道几乎让人忘记了这里是青藏高原，县城周围的五座雪山像身着银色盔甲的战神一样守卫着这座小小的城。无论是清晨还是黄昏，一抬头就能看到晨曦或者暮霭中的雪山。坐在宾馆走廊上，沐浴着夏日的阳光，看着太阳慢慢地落到雪山背后，直到繁星点点，很惬意。

从波密出发沿着扎墨公路一路前行，可以到墨脱。一般人总是说墨脱是中国唯一不通公路的县，事实上，公路是有的，只是由于冰雪和泥石流的影响，总是时断时续的，时通时不通。沿扎墨公路翻越嘎隆拉垭口，有三个相连的湖泊，被称为天池。据说知名度还不高，去的人也很少，受虚荣心驱使，我们决定去看看这个嘎瓦隆天池。

离开波密县城就是砂土路了，而且很快开始翻山。路很窄，也比较颠簸，但对于越野车来说，还不成问题。很快路变成了碎石路，碎石上不时漫过溪水，这些碎石显然是泥石流冲刷下来的。我们的越野车行驶在泥石流冲刷过的痕迹上，勉强可以通过。终于，更大面积的碎石完全截断了道路，看样子还是刚刚冲积下的砂石，还没有来得及清理。车过不去了。可是，那个或许存在的尚不为人知的天池的诱惑力实在太大了，我们决定徒步前进。

途经的嘎瓦隆是一个非常小的村子，只有两三户人家和一座寺庙。嘎瓦隆附近有很多冰川，几乎每座山谷里都会流淌下一条冰川，其中最有气势的是嘎隆拉冰川，它的冰舌又长又宽，一直延伸到了海拔 3600 米的地方，才融化成河流。冰舌的前端就是牧场，牛羊悠然地吃着冰川滋润的牧草，草地上生长着茂密的野草莓，河流两岸插满了经幡，山坡上嘎瓦隆寺和寺里唯一的僧人静静地看着风生云起……

波密通往墨脱县的公路，农用车身后从右上方向左下方倾斜的是嘎隆拉冰川。这辆农用车据说要去墨脱

我们终于可以触摸冰川啦！原来冰川是如此柔软！原来冰川的融化就是这样一滴一滴！我们很小就知道：不积跬步无以至千里，不积小流无以成江海。冰川上融化的水滴，无声地落下，它们就是我曾经看到的汹涌的大海吗？曾站在大海边上，听惊涛拍岸，我觉得人类如此渺小；手捧一滴冰川的融水，看着它从指缝落下，我依然觉得人类如此渺小！

人类的悲剧往往在于把渺小的自己想像得过于强大了，我们就差一点犯了错误。徒步了近三个小时之后，我们才刚刚到达嘎隆拉山脚下，距离垭口上的天池还有差不多一半的路，而且全是上山路。幸好刚才阻挡车辆的泥石流被及时清理了，我们得以借助越野车爬上垭口，否则真不知道我们能否到达天池。

终于，云蒸霞蔚的天池出现在眼前，碧绿的湖水、升腾的云雾，仿佛仙境一般。

岗乡是波密县另一个美丽的去处。本来并没有确定是否要去走岗乡，但是我们的车出故障了，不得不在波密再多停留一天，老天爷到底还是想挽留我们。从岗乡到古乡的路很吸引人，沿途要经过草甸、湖泊、森林，草甸上马儿悠然地吃着草，湖水泛着光芒，树木葱郁得仿佛能够淌出水来，草丛间恣意生长着的大脚菇肆无忌惮地挥霍着短暂的生命，不远处的雪山在静静地俯瞰着这一切。

渺小但自大的我们没有请向导，中途迷了路，隔着湖水能够看到对面的简易藏房和偶尔出现的人影，但是湖水和湖汊子相隔，根本没有路。我们在树林里穿行，试图找到一个狭窄的湖汊，以便跨过或者蹚水过河。终于看到一个倒伏的树干跨在湖汊边上，很是兴奋，借助树干再跳一大步说不定就能跨过去了，结果倒伏的树干已经腐朽，刚一踏上去就塌陷了，我摔了一大跤。当我们终于找到了一座木桥来到对岸的时候，真心觉得沿途的美景让所有付出都值得。

⋀ 壮观的嘎隆拉冰川和它滋润的草场，河流边插满祈福的经幡。很想在那里请一幅经幡，写上爱人的名字，让风不停地诵祷祝福

嘎瓦隆寺唯一的僧人

冰川融化。3滴融化的水滴呈现3种不同的滴落状态，可以体会水滴的速度是多么缓慢。就是这缓慢的一滴一滴，最后汇成江河，流到大海

从岗乡到古乡沿路要经过草甸、湖泊、森林，树木葱郁得仿佛能够淌出水来

草甸上马儿悠然地吃着草，湖水泛着光芒

▲ 波密古乡的田园风光

▼ 古乡朴素的民居院子里种满了花草

雪顿节晒大佛

晒大佛是拉萨雪顿节期间的重头戏，届时，拉萨的三大名寺色拉寺、甘丹寺、哲蚌寺都会扛出珍藏了一年的巨型唐卡，到展佛台上去晒一天。唐卡上的刺绣内容自然是能普度众生的释迦牟尼。论唐卡的巨大，又以哲蚌寺为最；论漂亮，则有人说甘丹寺的色彩艳丽，轻盈飘逸。仁者见仁，智者见智，不怕累，你就一寺一寺去看吧。在时间安排上各寺通常都会把晒佛的时间错开的。

晒佛那天排成的汽车长龙

手捧酥油灯前来敬香的朝圣者

一年一度雪顿节上的展大佛

每年夏天的雪顿节，到了哲蚌寺晒佛这一天，天还没亮，街道两侧已经你呼我喊，热闹的声响此起彼伏。居民一拨一拨地涌到街头，汇成熙熙攘攘的人流，浩浩荡荡地朝哲蚌寺方向走去。黑暗中谁也看不清谁的面孔，但都能感受到整个气氛的神圣和亢奋。各路人流汇集到哲蚌寺山下的唐巴村附近，人们从这里沿着所有能上山的路开始登山。

我沿哲蚌寺西侧的台阶跟着人流拾级而上，耳边可以听到流水潺潺，走上一个山间的小平台，回头东望来时的路，竟然看到一条人和车汇成的闪闪烁烁的河流源源不断奔涌而来，那人气震撼着拉萨河谷的夜空。

哲蚌寺还在晨曦中若隐若现，数以万计的信徒、香客、游人早已云集到了展佛崖下翘首期盼。终于，在冉冉升起的紫烟里，在洪亮的银号角声中，几十位身披紫红袈裟的僧人，抬着卷成捆的彩缎佛像，从三层神宫鱼贯而出。他们迅速地沿着陡峭山路，向铸在崖壁上的展佛台疾步而去，人们纷纷挤向

▼ 这样的化缘在节日里常常可以见到

晒佛仪式上的高僧

前去，撒糌粑，献哈达，用额头顶礼佛像，有的还乘机加入“抬佛”行列。

卷成“长龙”的佛像被抬到高高的崖顶，早已有许多喇嘛在这里焚香诵经，磕头迎接。四位僧人乐师登上突起的岩石之巅，举起金光闪闪的唢呐，对着东方的霞光，吹出气贯长虹的乐曲。山下的整个拉萨城都能听到这荡气回肠的旋律。在万众瞩目中，佛卷徐徐放落，释迦牟尼慈眉善目的面容展现在人们面前。这是一幅大得无可比拟的彩缎佛像，整整覆盖住约十层楼高的峭壁。顿时千万朝佛者顶礼膜拜。更有五体投地者拜倒在它的下面。如蝼蚁般渺小的我也被佛光笼罩在芸芸众生中祈祷着。

这就是在所有寺庙的晒佛中规模最大的哲蚌寺晒佛。一经展出，惊天动地。

看晒佛

僧佛

诵唱经文

然乌湖畔

登高一看，然乌湖果然没有让我们失望。那种蓝色调的山川美不胜收。若是再早来到一段时间，湖畔的繁花点点肯定分外妖娆

川藏线一路美丽的高山湖泊无数，不知为何然乌湖却能获得如此的青睐。一进入然乌小镇，各种越野车的“突突”声就不绝于耳，一条小街上到处晃动着五颜六色的冲锋衣，沿街店家的玻璃窗上贴满了越野俱乐部花花绿绿的招贴画。一路上的宁静到这里一下子就沸腾起来了。

然乌湖是高山堰塞湖，吞入的是来自古冰川、阿扎冰川的融水，吐出后就是雅鲁藏布江的主要支流帕隆藏布。湖边浅滩处，一些城里来的越野车，在湖汊子里撒着欢，发动机轰鸣着，把湖水溅起老高。川藏公路的路况越来越好，连QQ小车都成群结队地走川藏线了，那些“武装到了牙齿”的大型越野车还真没有用武之地了，所以跑到湖边撒回野吧。

虽然没有见到繁花装点的然乌湖，湖畔风光倒也没有让我们失望。湖畔青稞田已经泛黄，再过一些时日就可以收割了。藏族妇女仍然不辞辛

几个藏家女人在青稞田里拔草，那姿态就像青稞田里跳动的音符，好像能够感受到劳动的旋律，或者它更像一幅米勒油画风格的藏乡风情画

▲ 湖畔的草地才是孩子们充满童年欢乐的天堂。他们在鲜花盛开的草地上追逐着、嬉戏着。甚至有一个小男孩，双膝跪下满脸笑容地给一个女孩献上一棵草梗……然乌湖畔荡漾着孩子们的童年快乐时光

劳地在田地里拔草，为的是获得更好的收成。青稞田里的身影好像是跳动的音符，我仿佛听见了悠扬的旋律。

湖畔的小学已经放假了，破旧的教室没有了琅琅读书声和欢笑声，鲜艳的五星红旗仍在空荡荡的院里飘扬着。只有湖畔的草地才是孩子们充满童年欢乐的天堂。

男孩们骑着自行车在草地上肆无忌惮地飞奔，摔倒了，没关系，爬起来接着飞奔。女娃们更多了一份责任，她们脖子上挂着一串钥匙，臂弯里抱着年幼的弟妹。油菜花地的田埂上，小弟弟正跟随姐姐去发现着老屋后面的世界。

不知不觉一个下午就在云光水影中飞逝过去了。田间小路上“突突突”地传来拖拉机的声音，老牛也慢吞吞地走在田埂上，劳作了一天的人们回家了。山顶上漂浮起云雾，天光黯淡下来，雾霭之中的然乌湖显现了神秘的一面。

▲ 几个男孩是骑着自行车冲到我们身边的。这个骑自行车的男孩笑容里透着含蓄

这个小帅哥是孩子王，其他的男孩儿都要听从他的命令，
自行车上插了朵绢花，似乎那就是王权的标志

女娃们更多了一份责任，她们要照顾年幼的弟妹。姐姐亲吻弟弟的那份亲情叫人动容

老屋后面也有孩子们的身影，这不，小弟弟正跟随姐姐去发现老屋后面的世界

我们本打算去来古冰川，但湖面上升淹没了去冰川的路，不过这没有影响我们的好心情，坐在湖边静静地坐看云起，或者一时兴起，让越野车冲过湖汊，让欢笑随着飞溅的湖水恣意飞扬

夜宿然乌湖畔，可惜阴天看不见满天繁星，听了一夜的山风。清晨推开小窗，看到云雾中的白塔。雾气升腾到苍翠的山坡上形成云带，然乌湖畔更美了

塔顶阳光

在同仁汽车站对面搭前往吾屯的小面的，里面已经塞满了当地村民。我反向坐在司机背后的引擎盖上，专心地看着车窗外的风景。突然，对面一位抱孩子的妇人冲我一笑，“哎呀，你又坐这车去哪里呀？”我愣了一下，难不成这里还能遇见熟人？大姐见我发愣，大声笑着：“哈哈，昨天我就在车上看见你哩，你还拿着相机拍照片！”——呵呵，原来如此，这几天我确实在频繁地搭乘县城到周边村寨的小面的，难怪人家说昨天就在车上见过我。

▼ 7月的青海，从吾屯下村前往郭麻日村的公路上，大片麦浪翻滚，路边突然出现的这片蓝紫色花田让我惊喜，娇艳的小花随风招摇

是我运气太好么？面的司机，唐卡画师，赶集乡民，交通警察，宾馆服务员……在同仁这些天，我遇到的所有人都是那样热情而友善，让我内心时时充满愉悦和感激，让我的心情也和这里的蓝天和阳光一样明媚。

很快到了吾屯下寺，和车上热情的村民挥手告别，司机还不厌其烦地给我指明到郭麻日的方向，他们都说最多半小时可以走到。下车沿着公路慢慢前行，穿过安静的吾屯下村，跨过一座小桥，果然在公路上就能远远望见郭麻日寺的大佛塔了。这条小路并不浪漫，沿途很多汽车驶过，在炽热的太阳下扬起漫天尘土，好在沿途美妙的田园景致弥补了我的怨念。独自走在阳光下，农田如画，麦浪翻滚，公路两旁有金黄和浅紫的小野花灿烂盛放。走着走着，公路左侧突然出现一片美丽的蓝紫色花田，那样娇艳迷人，或许只是某种农作物，却让我久久流连，舍不得离开。

边走边拍照，完全不觉路远，不知不觉就走进了郭麻日村。这里的民居建筑很有特色，土墙高耸，巷道纵横，犹如进入迷宫，据说在村落形成之初，便融入了精心的设计。在路人指点下，我沿着一条斜坡小路前往郭麻日寺。几个盛装藏民走在我的前面，妈妈和女儿身着鲜艳的藏族服饰，手里还端着板凳。

转过几个弯，彩色的郭麻日大佛塔突然出现在湛蓝的天空下。佛塔全名郭麻日寺时轮金刚塔，是安多藏区最大的佛塔，有着“安多第一佛塔”的美誉。塔心藏有十世班禅大师的袈裟和生活用具，外壁塑有35座美丽的般若佛像。站在塔下，仰望蓝天，寺庙美丽的造型和鲜艳的色彩让人心动。我在塔下细细流连，左拍右拍，突然一个洪亮的男声从塔顶传来，“姑娘快上来，顶上的风景特别好！”

佛塔就像一个大迷宫，我绕着圈圈转了一层又一层才上到塔顶，塔内各式各样色彩丰富的画像和雕塑让人惊叹。我在塔顶看到刚才叫我的人，原来是一名来自西宁的自由摄影师，塔顶上还有寺内的两位红衣僧人。灿烂的阳光洒在塔顶，我突然醒悟，这才是真正的塔顶阳光啊！之前在西宁住过的青年旅舍也叫这个名字，难道是受到这样的启发？！

身着美丽盛装的藏民

转经筒在藏族地区无所不在，郭麻日佛塔内也不例外。
这是村中的老人，日复一日地抚摸着铮亮的转经筒

郭麻日寺时轮金刚塔的塔身刻满了这样浓墨重彩形态生动的佛像

坐在郭麻日寺大佛塔的塔顶阴凉之处，时有阵阵微风吹过，我们悠闲地聊着那些漫无边际的话题，旅行，宗教，摄影，艺术等等，说不出的畅快与愉悦。塔顶阳光如此灿烂而温暖，我的心里充满不舍，真希望时间就此停止不动……

▼ 多杰是郭麻日寺内一个温和善良的僧人，从小长在郭麻日村，笑容如塔顶阳光般灿烂。在和我们认真探讨佛教教义的同时，也好奇外面的世界

多杰的同伴很喜欢玩手机，如今的僧人也在与时代接轨

他们认真侍弄着这盆小花，这绿色的生命给单调的生活增添一抹绚烂

法师们来到寺庙献上哈达

无言的感动

八邦寺漫山遍野分布着佛塔，牛羊慢悠悠地在山坡上吃草，老人们绕着塔林一圈圈地转经

去八邦寺的路很难走。一路都在上山，山路曲曲折折，窄得只能容下一辆车，当人都被颠簸麻木了的时候，眼前突然一亮，漫山遍野的民居、塔林围裹着一座座殿堂，金顶在阳光照射下发出耀眼的光芒。牛羊慢悠悠地在山坡上吃草，老人们绕着塔林一圈圈地转经。

这里平日很少有外人进来，车子停在大殿前，还引起一小阵喧闹，大人孩子都围上来笑脸相迎。大殿内的僧人们听见喧闹声也迎了出来。一声“扎西得勒”换回来更多更热烈的“扎西得勒”。

位于德格的八邦寺是藏传佛教噶举派的寺庙。噶举派俗称白教，传统特别注重师徒之间的口耳传承，特别注重实际的修行，历代活佛都具有很高的佛学、绘画等方面的造诣，尤其是八邦寺历代画师辈出，形成了“噶日”画派，在康区享有不小的声誉。一般来说，噶举派寺庙规模通常很小，建筑群也较少，只有八邦寺是个例外，是唯一堪与格鲁派大寺媲美的噶举派寺院，其建筑之宏伟为格鲁派寺院之外所罕见，号称“小布达拉宫”。

出来迎接我们的年长僧人默默地打开大经堂错金镶银的铜锁，推开厚重的大门，一个壁画和唐卡装点的艺术殿堂出现在眼前。殿内四壁绘满珍贵的壁画，以我粗浅的佛教知识，大致看出一些佛本生故事。壁画形象生动，色彩绚丽，想必一定是“噶日”画派的杰作吧。

在通往二楼的楼梯处，又迎来一位戴眼镜的中年僧人，也是默默地领着看了几个经堂，然后带我们到了一个清静别致的房间外，眼镜僧人先脱了鞋走进房间，然后再引领我们脱鞋进入房间。在房间的窗子下，端坐着一位八九岁的少年僧人，小僧人眉清目秀、天庭饱满、举止端庄、仪表堂堂。我立刻明白了：这是一位少年活佛！

眼镜僧人挽了一个代表吉祥的红线绳，递给少年活佛，活佛看了眼镜僧人一眼，然后默默地把红绳系在了我的手腕上，又看了眼镜僧人一眼，抬手在我的额头上施了摸顶礼。那一刻没有人告诉我该如何做，可是似乎有灵示一般，我俯身向前弯下腰去，给活佛行了礼，同时又接受了活佛的摸顶。一切动作都是那么自然地发生了。接受摸顶礼的整个过程都是在没有语言交流的环境中进行的。人的内心深处一定隐藏着某种特殊的灵感，在特定的环境或者氛围下，让人自然地以恰当的举动回应环境的影响。那种灵感被触动的瞬间是那样令人感动，任何语言都无法形容。

后来得知，八邦寺有司徒、工珠、钦则、温根四个活佛系统，这位少年僧人可能是其他系统的某一位活佛，眼睛僧人是少年活佛的老师。而且八邦寺的僧人们几乎都不懂汉语。如今回想起来，那一日无言的感动，多么令人神往。

宫殿的金顶在阳光照射下发出耀眼的光芒

年长僧人打开大经堂错金镶银的铜锁

少年活佛

八邦寺主殿“卓拉空”的回廊里飘然走过的僧人，天井里透进来的阳光照亮了他的身影，也照亮了墙上的壁画

周围充满着阳光和吉祥的祝福

层层叠叠的塔林下，偶尔闪现一个拄着拐杖的转经人的身影。令我想起那则很经典的谜语：有种动物早晨四条腿，中午两条腿，黄昏三条腿。我们总有一天会成为三条腿的动物，到时候，我也希望能够在阳光下走在佛塔中间

大金川深处

沿着大金川的一条无名小溪溯溪而上，在金川县阿科里雪山下，有一湾掩映在密林中的高山湖泊，人们叫她“情人海”。湖畔零星散落着金川县毛日乡的一些原生态村落，神秘而又美丽。

甲克村就是这样一个村落。最初吸引我们停住脚步的，是村里乡亲们的那些艳丽民族服装，还有木屋里那些同样艳丽而不知年代的玛尼石。我们去时，甲克村没有通电，也没有电视和手机信号，只有一条窄窄的土路与20多公里外的大金川相联系。

几个年轻姑娘坐在屋前迎接我们。厌倦了虚假旅游“作秀”的几个哥儿们，立刻决定要在这儿待上一天，可惜村子里没人会讲汉话。姑娘们把我们带到一个小木楼上，这里有一位刚退休的小学老师，他很热情地帮助我们安顿下来。

村子里安静极了。村口矗立着高高的经幢，用石块和原木垒成的木楼包围了村中心的一片空地，而后向山林和小溪边扩散。村中心这片空地上，因为几个陌生旅行者的闯入，质朴的乡亲们开始聚集过来，但很快又归于平静。

小屋的门口，一个小姑娘怯生生地趴在父亲的肩头张望。见我举起相机，她抿着嘴对我甜甜地笑着。她的妈妈在洗着一件厚厚的藏袍，我听到了一阵似曾相识的歌声飘来。啊！是她在轻轻地哼着一支年代久远的民谣呢。

我听不懂她在歌里唱了些什么，那也许只是一曲心中的天籁，就像小女儿那双明亮的大眼睛，也像坐在屋檐下晒着太阳读经文的女人们—我发现，这个不足百人的小村庄居然有一座公共小经堂，里面同样供奉着神佛，还有一位驻锡的青年喇嘛。女人们手中的经文，就是他给的。

退休老师的女儿来叫我们去吃饭了。西斜的夕阳照进了村中小巷，可眼前的场景使我很难离开。“美即生活”也许不仅仅是一个哲学命题，而是一种体验——你可以不懂，然而却能感受到。

夜里躺在乡亲们送来的熊皮褥子上，听了一夜的松涛。凌晨时我做了一个梦，梦到情人海的仙女了。第二天当我们驱车冲进薄雾到达“撒尔脚措”时，

阿科里雪山下的“情人海”

艳丽而不知年代的玛尼石

果然看到了一个正在湖边汲水的美丽小姑娘。阳光下，那张红扑扑的小脸上绽开了欢笑。她也不懂汉话，可不懂又有什么关系呢？我相信，没人读不懂笑容。

湖边的玛尼石堆上，几个小家伙也钻出来探头探脑地张望。情人海美，人更美。因为，美在和谐，美在自然。

▲ 村口几个年轻姑娘坐在屋前用欢笑迎接我们

▼ 藏房是石块和原木垒成的木楼，藏民们穿着传统的藏袍

一位大伯笑眯眯地和我打招呼

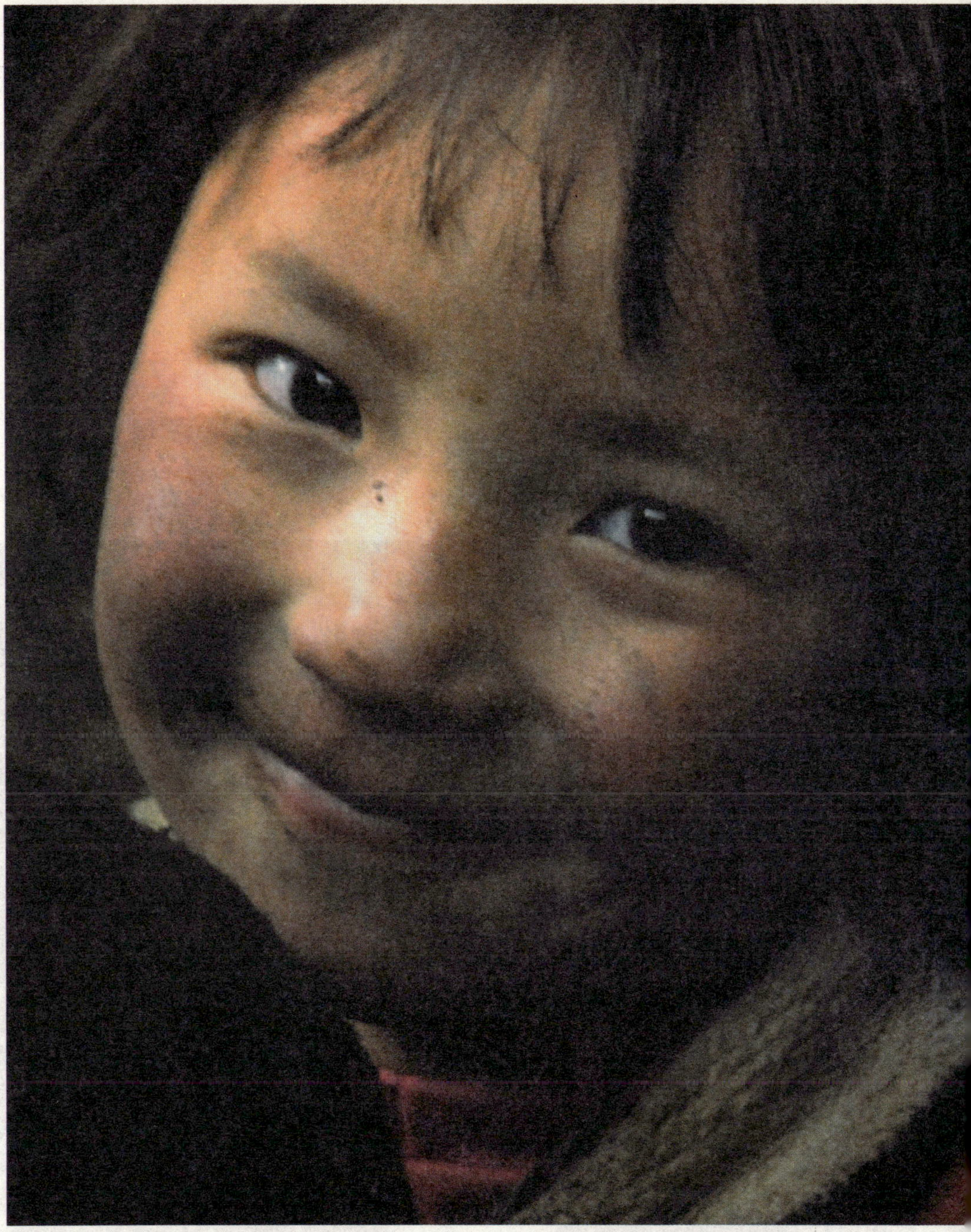

小姑娘怯生生地趴在父亲的肩头张望

藏族大嫂哼着一支年代久远的民谣

女人们手捧经文轻声诵读

正在湖边汲水的美丽小姑娘

湖边的玛尼石堆上，几个小家伙也钻出来探头探脑地张望

扎什伦布寺之外

到达日喀则那一天，天空时阴时晴，没料到十月的西藏也会有这种天气，看来前一天在羊湖遇到暴雨并不仅仅是意外，如今藏区秋天的气候也让人捉摸不定了。还没走近扎什伦布寺，天空就开始淅淅沥沥下起雨来，雨势越下越大，我郁闷地撑着雨伞参观了雨中的扎什伦布寺。

好在第二日天气晴朗。沿着寺庙的围墙，穿过民居和小巷，我跟着藏民们走上扎什伦布寺外的那条长长的转经路，沿途色彩斑斓的玛尼石和巨石上的画像让人目不暇接。本想完整地走上一圈，可是怕耽误班车，只好草草走了一小段，满心不舍地下山而去，给自己留一个下次再来的念想。

▼ 扎什伦布寺外的转经道上有很多这样的巨石和彩色画像，寄托了信徒们的虔诚心愿

日复一日，年复一年，他们走在这样的路上，转动所有的转经筒

上午的扎什伦布寺外，来自四面八方的朝圣人群络绎不绝，非常热闹。已经上午10点，那只懒懒的大黄狗居然仍趴在广场上睡大觉，好在它倒也丝毫不妨碍广场四周磕长头的信徒。他们中间既有头发花白的老妇，也有衣着光鲜的年轻人，还有拖儿带女的中年夫妻，都是同样虔诚地双手前伸，五体匍匐。我悄悄站在一边，不愿打扰到他们的虔诚，努力用长焦拉近他们的身影。

高高的桑炉在路边冒着青烟，不时有人走过，随手添上一把松枝，桑烟燃起，清香怡人。算命的老先生坐在地上，阳光在他身后的白墙上投射下斑驳的影子，显得那样沧桑。路边的杂货小摊也很热闹，琳琅满目的小商品，花瓶、手镯、佛珠、木雕，以及各种各样稀奇的小玩意儿，就那样随意堆放在地上，摊主懒洋洋地坐在旁边，似乎并不特别关心自家的生意。

比起庄严的扎什伦布寺，我更喜欢寺外这片生气勃勃的地方。在这里，街上挤满喧嚣的汽车，空气中充满桑烟的味道，世俗气息和神圣意味和谐并存，格桑花也自顾自地怒放着。

纵然头发花白，也阻挡不了我的脚步，阻挡不住我对你的虔诚

即使衣衫褴褛，在佛的面前，我们人人平等

桑烟浓浓燃起，轻轻飘上你沧桑的容颜，愿所有的苦难和痛楚都随风而去

▲ 他摇着经筒匆匆而过，不知来自何方，又去向哪里

她的脸上绽放出如此甜蜜的笑容，是看到了什么让人开心的东西？

回眸那一瞬间，手中的经筒也未停下

这样的年纪，已然看过太多人世沧桑

热贡艺术的殿堂

唐卡是一种富有藏族民族特色的卷轴画，绘画手法类似中国画的工笔重彩，一般画在布上，然后用绸缎缝制装裱，制成画轴悬挂。画的内容多与宗教有关，因此具有浓郁的宗教色彩，很多藏传佛教的寺庙内都装饰有唐卡。唐卡根据主要颜料不同，分为彩唐、朱唐、黑唐、金唐等几大类。唐卡的绘画原料都是天然矿物或植物原料，而其中尤以大量使用金粉而著称。

热贡是同仁的藏语称谓，热贡艺术就是同仁地区的藏传佛教艺术。诞生于青海同仁的热贡艺术，把唐卡绘制推向了一个新的高潮。所以，到同仁必看唐卡，而同仁唐卡的代表是吾屯。在吾屯，家家户户都绘制唐卡。僧人们进入寺庙的修行方式就是选择绘制唐卡，有的僧人选择雕塑，也有的选择酥油花。

我是在参观过热贡艺术画院之后，在吾屯下寺门口遇到达娃闹日师父的。那时，我已经被热贡艺术画院展出的精美唐卡吊足了胃口，就像一头饥饿的狮子，恨不得吞下整个世界。达娃闹日师父说他在寺里就是专攻唐卡的比丘僧，有一间工作室就在寺庙里面，接着就带我去参观他的工作室。工作室不大，墙上和顶棚都挂满了尺寸不一的唐卡，地上靠墙处还堆放了一些卷轴唐卡。工作室临窗是一个画架，上面一幅黑唐财宝天王已经画了一半，墙脚纸盒子里摆满了各式研钵，里面是各色颜料，几个大笔筒里插满了粗细不一的毛笔。

▼ 隆务河谷孕育了热贡艺术，河谷郁郁葱葱，河岸分布着热贡艺术的殿堂——吾屯上寺和吾屯下寺

达娃闹日师父指着挂在墙上的唐卡向我一一介绍：这是无量寿佛，这是文殊菩萨，这是财宝天王……这是黑唐，这是彩唐，这是金唐……这个黑唐财宝天王要画一年，那个要画大半年……

其实，闹日师父介绍的这些我刚才已经在画院参观的时候有所了解了。我最关心的是能不能买一幅他的唐卡。可是达娃始终在耐心地一幅幅介绍他的唐卡作品，根本没有销售的意图，悬挂的唐卡上也没有价签之类的标示。可是看着他们那样一笔笔画出来的那么精美的东西就那样挂在你眼前，真是喜欢，终于按捺不住，小心翼翼地询问他的作品是否可以出售，当得到肯定的答复时，我的心都快跳出来了。后来，我把买唐卡的经历跟朋友们描述，朋友们都哈哈大笑：卖唐卡的师父真高，不聊买卖，只谈艺术。

吾屯下寺的画师正在绘制黑唐财宝天王。黑唐是用墨色颜料画背景，而图案往往是金色。绘制唐卡很费眼力，尤其是金粉亮度高，更伤眼睛。一幅精美的唐卡耗时半年到一年很平常

正在绘制藏药唐卡的僧人。这是一种比较简单的彩唐，通常由学徒们绘制主体内容，开眼才由高级画师完成

▼ 同仁吾屯热贡艺术画院内展示的唐卡。据介绍，这样一幅巨型唐卡需要历时两年半才能完成

热贡艺术唐卡的特点之一是画风华丽精细，很多唐卡要用放大镜才能分辨出细致的笔道

绘制唐卡所用的各式毛笔

绘制唐卡所用的各色颜料。唐卡的绘画原料都是天然矿物或植物原料，热贡艺术唐卡的特点之二是用金量大，以大量使用金粉而著称

▲ 热贡艺术的知名度越来越高，热贡艺术画院的娘让院长多次得到国家领导人的接见

➤ 吾屯下寺里一位专攻雕塑的师父，佛塔上的这尊佛像就出自他的手。寺庙内还有很多佛像都是他的作品

➤ 雕塑师父的小徒弟

夏河的纯真少年

在夏河的日子里，我喜欢爬到拉卜楞对面的小山坡，看晨雾在寺院背后的山坡轻轻飘荡，看夕阳把山下佛塔慢慢照亮，再一缕缕消逝。

那个黄昏，高原疾风凛冽，枯黄的草丛被吹得刷刷作响。我从山坡折返县城，大夏河水激越奔腾，堤岸上用亮白的油漆刷出一排刺眼而可笑的移动广告。在小桥边驻足流连，这帮放学男孩的嬉戏打断了我的发呆。

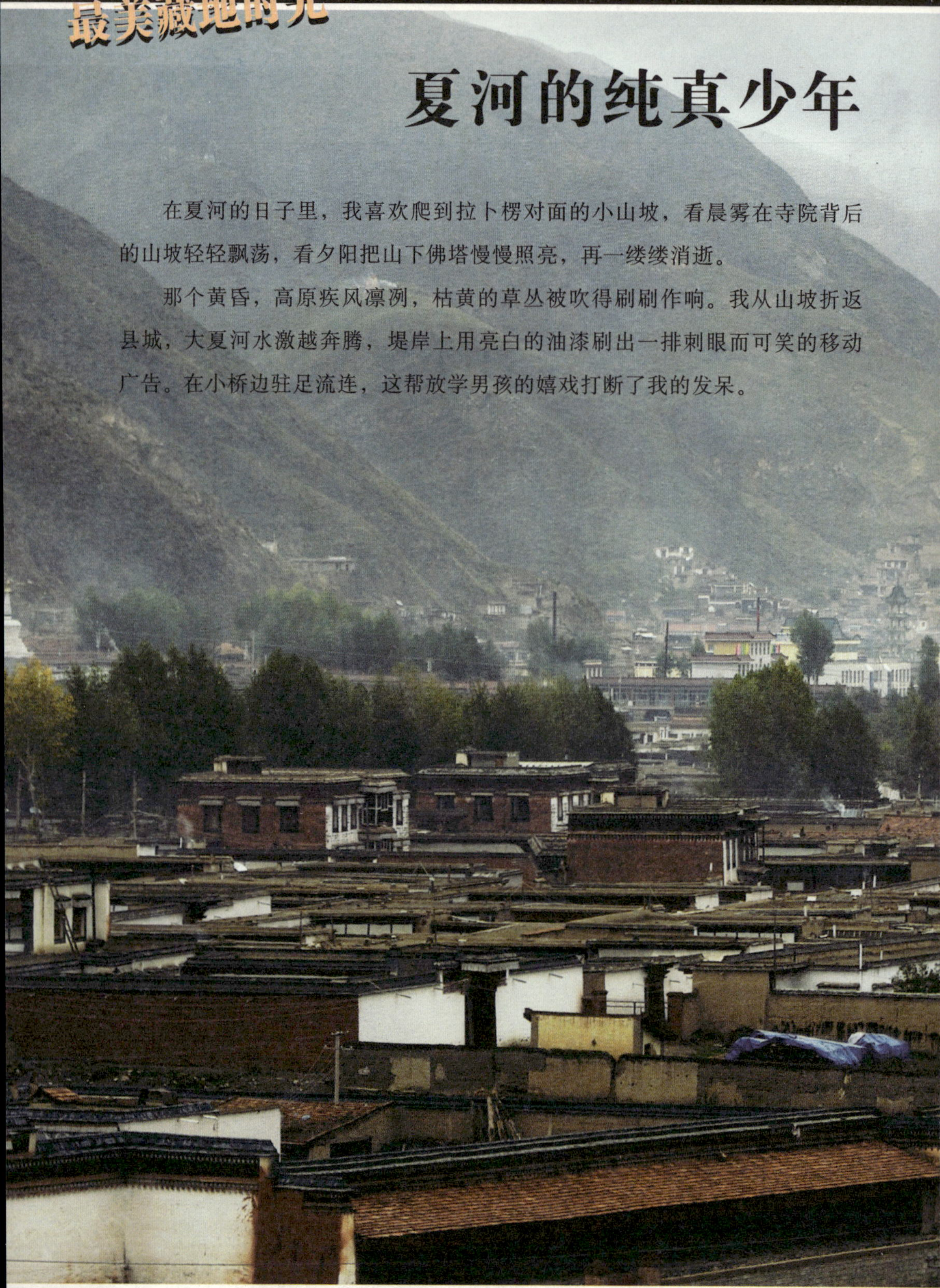

晨雾初起在拉卜楞僧房后的山坡，这是一个安静祥和的世界

明亮的黄，深邃的蓝，是我最爱的藏区色彩

他们好奇地看着这个来自异乡的家伙，并偷偷取笑她端着相机扫射那些对他们来说实在平淡无奇的山与水。带头的男孩剃着平头，大耳朵，丹凤眼，长着一张英俊的面庞，他的脸颊被冻得通红，鼻下还挂着两行清涕。小家伙先是在我的身旁指指点点，小声窃笑，当我报以友好的微笑，他便大胆嘻笑着走到我面前，请求观看到底拍了什么稀罕玩意儿。最先一个小脑袋，然后一群小脑袋争相凑了过来，看到相机屏上显示的自己，相互指着对方哈哈大笑。最调皮的那个年纪尚幼，甚至拿过相机试着摁了几下。

走过黄昏的小桥，远处已有炊烟缭绕升起

我很开心遇到这群小家伙，他们是我眼里的风景，我也是他们心里的好奇。消除了陌生与紧张，接下来我们开始了一个疯狂的拍照游戏。孩子们调皮地笑着闹着，哈罗，敬礼，摆出他们所能想到的最酷的姿势，形成各种组合，让我记录下他们的开心模样。

这个英俊男孩的笑容里透出一丝狡黠，正好奇地打量来自异乡的我

他最调皮，也最可爱，哈罗、敬礼……摆出各种各样他所能想到的最酷姿势

咫尺之外，拉卜楞寺院的庄严与这群孩子的活泼形成如此强烈而有趣的对比。我知道，进入拉卜楞寺并成为一名正式僧人，是很多藏族佛教徒多年的心愿。或许，将来的某一天，他们中的一个也会走进拉卜楞庄严肃穆的殿堂，进入森严的佛学世界。

他安静而乖巧，笑容很憨厚，小声问我：姐姐你是做什么的？

▲ 我们仨，好朋友

▼ 拉卜楞的殿堂庄严而肃穆，走进去，才知道里面藏着什么

九曲黄河岸

九曲黄河的华丽转身

太阳从云隙中把光束射向河岸

在川西若尔盖大草原上，有一个让无数行旅之人为之动容的地方——唐克。九曲黄河从青藏高原一路奔来，在这里完成了它第一次的华丽转身，以气势浩大的优雅曲线蜿蜒在大草原上。当我到达唐克的时候，太阳躲进了云层，却从云隙中把光束射向河岸，生生地把唐克的黄河湾幻化成了一部黑白老电影的场景。

河边的风很大，吹得飘扬的经幡呼呼作响，也吹开了一位年轻喇嘛厚重的僧衣。我注意到他那忧郁的眼神，望着的不是奔流的河水，而是一片虚空。而此刻，公路上却有两个姑娘踏歌而来。有个女孩解下围巾，和同伴一边有节奏地舞动着，一边唱着歌儿大步往河滩走去。

▲ 河边的风吹开了年轻喇嘛厚重的僧衣

▼ 两个姑娘踏歌而来

小伙儿打马蹚过河水奔了过来

姑娘伏在马鞍上，身后那条长河似乎也不想东流去

唐克的黄河滩是一片青青的绿草地，明亮的河面与草地形成了明暗的巨大反差，衬出了一个骑在骏马上的黄河女儿矫健的身影。原来，这是她们放马的同伴。河边的马儿越聚越多。姑娘们把藏袍束在腰间，挽起袖子开始洗刷马匹。河面上粼粼的波光，愈发衬出了姑娘那婀娜多姿的身段和风姿。随着风里传来一声清脆的唿哨，一个小伙儿打马蹚过河水奔了过来。接着，他们俩跨上马，把身边的马儿都赶到了河水中。当他们策马归来时，一幅浓郁的黄河风情画卷在光影中出现——这不仅是场景，而且也是故事——一个关于黄河儿女在九曲河湾上的生活故事。

这样的故事没有跌宕起伏的离奇情节，也没有大悲大喜的情感冲击，甚至，故事都没有结局。因为，生活还在继续着：一个小伙子牵着一匹白马走下山坡，而姑娘却同样牵着一匹白马走上来，与小伙儿擦肩而过。在相遇而迟疑的那一刻里，两马白马交颈嘶鸣着，但两个人有没有会心地相视一笑？因白马的遮挡我没有看到。

山风吹来，大白马轻轻地摆动长尾。姑娘伏在马鞍上，她在想什么呢？在她身

桑耶古寺的午后

我去过世界上很多地方，见到过很多美丽的色彩，而最纯净、最富感染力的蓝色，还是出现在雪域高原这条雅鲁藏布江上。那片来自天边宛如梦幻的蔚蓝，一路揽过且溶化了白云、山峦和所有生灵向东奔流而去。在江边弥漫开来的蔚蓝，也围住了那座神秘的桑耶古寺。

那片来自天边宛如梦幻的蔚蓝

对世俗的凡人而言，无论谁去桑耶寺，都有一种“求渡”的意味。蓝天白云下，在雅鲁藏布江上泛舟而去，本身就是拜谒佛祖前一次灵魂的沐浴。下游择当附近有一座跨江大桥，但从未听说有人乘车前往。也许是实在不愿堕入红尘，坐在船头的喇嘛大哥常拉下头巾，用一袭深红的僧衣包裹着自己，以抵挡世间的诱惑。

▲ 江上泛舟前往桑耶寺，喇嘛用一袭深红的僧衣包裹着自己

桑耶寺的金顶是四方形的，围墙是圆形的，围墙上数不清的小白塔在阳光下相映生辉

当桑耶寺的四方形金顶出现在一片柳荫之中时，已经是午后时分。视野里的它是一座极富亲和力的小寺，圆形的围墙上，数不清的小白塔在阳光下相映生辉。大院里是一重重小院，沉重的寺门下青草茂盛，似乎从未关闭过。红、白、黄、绿、黑五色大佛塔散落在四周，拱卫着中心的寺院楼塔。

大红塔的倩影映衬在层层叠叠的白云间，无言地营造出典雅庄重的氛围

大红塔的倩影映衬在层层叠叠的白云间，无言地营造出典雅庄重的氛围。而绿塔则衬在荒凉山峦的背景中，形成生与死的巨大反差。所有佛塔都有八只大眼睛望着寂静的四周，被人格化地赋予了俯视众生的灵魂。与那蓝色的眼珠对视，很少有人会想起佛从西来而东渡的交流，宁可认定那只是蓝色雅鲁藏布的两滴水……

虽然一千三百多年来桑耶寺历经沧桑，累遭劫难，但多次重修并没有掩去它优雅的风格。正方形塔楼群的那种肃穆，已经让不少老人手持念珠顶礼膜拜。这是佛、法、僧三宝俱全的真正意义上的第一座佛寺。乌孜大殿的三层佛堂，从欲界、色界走向无色界。三楼是著名的有梁无柱殿，主供大日如来佛像。两旁除了红色和黑色的菩萨，还有一座正在参“欢喜禅”叠股而坐的婆罗门男女神像。

在古寺的最高殿堂，此情此景是古代？还是现代？何谓欲界？何谓色界？无色如何？色又如何？空无一人的殿堂中没有人为我讲经说法，而众佛全都闭口不语，只是会心地微笑着，用慈祥的目光看着这个陷于惶惑的远方游子。

绿塔则衬在荒凉山峦的背景中，形成生与死的巨大反差

所有佛塔都有八只大眼睛望着寂静的四周，被人格化地赋予了俯视众生的灵魂

与佛凝视对话的不独我一人，老人那仰视的眼神让人为之动容，那只巨大的佛手对应着皱纹深深的双手合十，形成了佛性与人性的最高和谐。千百年来，佛光就是这样普照着广袤的高原。

在昏暗的经堂里，我见到一个孩子正在低头书写，那是写经之文？还是写心之悟？抑或是像凡卡那样写信给乡下的爷爷？

窗外，一只红帽灵雀飞到了法器上。在桑耶寺寂静的午后，它那清脆的啼啭穿过经堂，传得很远，很远……

手持念珠顶礼膜拜的老人

老人那仰视的眼神让人为之动容，那只巨大的佛手对应着皱纹深深的双手合十，形成了佛性与人性的最高和谐

在昏暗的经堂里，我见到一个孩子正在低头书写，那是写经之文？还是写心之悟？

珞巴村的年轻人

知道米林，缘于十年前在拉萨吉日客栈大门口的招贴栏，那上面最具诱惑力的招募词是：南迦巴瓦峰和派乡。十年后，当我从米林大桥边的一个高坡上眺望与明月相伴的南迦巴瓦峰时，才知道原来米林并不遥远——它与林芝仅一江之隔。

雅鲁藏布江广阔浩瀚的江水，奔流到南迦巴瓦峰下的派乡开始被大山阻挡并束窄，咆哮着从向东改为向南奔流，从而形成了一个大拐弯，成为世界最深的高山峡谷，是地球上唯一至今无人走过的密林地带。派乡因而作为大拐弯的起点，排在了南迦巴瓦峰的声名之后。

从米林大桥边的一个高坡上眺望与明月相伴的南迦巴瓦峰

雅鲁藏布江小景

由于在尼洋曲和雅鲁藏布江交汇的湿地里沉醉太久，当我们到达时，阳光正把最后一抹光辉抹在了雪山上，我们只好在米林镇住下。

第二天依旧是个晴天，明媚的阳光照亮了小山、经幡与民居，我们出发去江边的珞巴村。一进村口，就看见木栅栏边一位姑娘满脸笑容地望着我们。打量她的衣着，的确不像藏家女孩的打扮：七八条孔雀石项链缠绕着挂在脖子上，甚至在耳朵上还挂着两条当耳坠，走起来一定摇曳生姿。

早就听说，珞巴族地区最“原生态”的女孩服装，是一种叫“阶邦”的草裙，是用鸡爪谷的秸秆编成的。后来，生活条件改善了，女人们穿上了布衣裙，但还是在外面罩上一条草裙，以保护布裙。今天，姑娘并没有穿草裙。她告诉我，全村再找不到一条草裙了。

姑娘边说话边转过头去，那种发自心底的笑容显然不是给我们的。谁来了呢？顺着她的目光看过去，一个珞巴族的帅哥正笑着望过来。见我举起相机，他索性一手扶栅栏，一手抽出腰间的长刀，拉开架式让我们拍摄。

我知道，他这一身装束已不是平常的衣着了，这是过去珞巴男人的标准服装。在高原峡谷长年狩猎为生，男人们一般都挎长刀，冬穿皮毛猎装，夏日则是无袖长袍，头戴兽皮帽或裹头帕。兽皮帽由兽皮和野生植物纤维做成，充分地展现出了珞巴男人粗犷豪放的性格。眼前这个英俊小伙为什么要换上这样的服饰出现呢？是为取悦那女孩？还是迎接远方的客人？我不得而知。

明媚的阳光照亮了小山、经幡与民居

这位姑娘告诉我，全村再找不到一条草裙了

姑娘快步走到小伙身边，好像在向他诉说什么有趣的事，但小伙子反倒有些害羞地低下头，摆弄着手上的长刀。他们说了些什么呢？我们听不懂也不能再听，匆匆抓拍了两幅就走开了。

走出很远再回过头去，一群珞巴男孩围住了那小伙儿，他英姿勃发地接受着小伙伴儿们羡慕的目光……

远方的雪山顶上，天空开始阴沉下来。我们还要沿着雅鲁藏布江的南岸走向朗县、加查、曲松，直到山南的泽当。无论这条长路上还有多少神秘的风光风情，我都不能忘怀，在这样一个晴朗的早晨，米林南迦巴瓦峰下，这一对珞巴族的年轻人留下的动人场景。

▲ 珞巴族帅哥正笑着望过来

▼ 她好像在向他诉说什么有趣的事，但小伙子反倒有些害羞地低下头，摆弄着手上的长刀

一群珞巴男孩围着小伙子

远方的雪山

罗布林卡看藏戏

拉萨的罗布林卡平日里相当清净，到雪顿节时才最热闹、最好玩。一连三天，人们在树林里的草地上扎起帐篷，家人朋友欢聚在一起，欢天喜地地唱歌、跳舞、游乐、嬉戏、品青稞酒、喝酥油茶，还有许多小吃。人们在空地上搭起戏台，三天的藏戏让人过足瘾。

看戏的人们

罗布林卡的藏戏

藏戏是雪顿节里我最喜欢去凑的热闹。藏族同胞个个爱听藏戏，戏台早已被藏胞围了个水泄不通，我赔着笑脸往里挤，他们都很善解人意地让出道来，居然可以让我走到最前面。深感不安地赶紧坐下时，旁边那个我已经很小心还是碰撞了一下的藏族老爹，还不计前嫌，给我递上一杯青稞酒。就这样在散发着酒香的氛围里听戏、看戏。混在藏人中的我已先醉了。戏台上，英姿飒爽的格萨尔王正在追杀一群戴着狰狞面具的妖魔，一阵锣鼓声之后，妖魔被打下台，光彩照人的王妃在几个侍女的簇拥下出场了，那几个侍女同样戴

平日的罗布林卡非常清静

着面具，却是活泼动人的风格。没有理由地，忽然就回过头去在人群中寻找那个绘制这一张张生动面具的画师，坚信他就坐在我身边某一处，正津津有味地跟着藏戏里的情节哼着一支古老的歌。

我想，也唯有西藏的公园，可以随意地让老百姓在里面扎帐篷，然后搬出吃的、喝的，朋友家人在一起谈天说地，或唱歌跳舞。雪顿节时的罗布林卡，草地上、林子里，到处都是举家出来过林卡的藏民。连那尚不会走路的小儿，也由阿妈抱着来了。喝酒、玩牌、下棋是汉子们最爱的娱乐方式。酒，多半是青稞酒和拉萨啤酒。牌，是一种衍生出来的藏族麻将，我是会打麻将的，却看不懂他们的玩法。最有趣的，是一种流行在藏族人中的棋，玩法有点像飞行棋，有一个抛点数用的木碗和牦牛皮做的实心小鼓，用几十颗小贝壳做路，每人持十枚钱币上路，途中会有被击中而从头再来的危险，谁先走完自己的钱币就算赢了。我一看见那木碗和小鼓就心生欢喜，思量着一定要到市场上去买一副。

我扎在人堆里，正享受着雪顿节的快乐，忽然见到有人冲我招手，一看正是曾租过他车子的藏族司机阿旺，此时他换了一身笔挺的西服和一个穿藏袍的姑娘很般配地站在一起，我于是跑过去和他俩一起下棋，第一次下这种藏式飞行棋，就运气很好地赢了，见好就收，赶紧跑开，戏台那边另一出戏《文成公主》已经开始了。

全神贯注

头戴华丽头饰的藏女

舞动的身姿

这是上演的哪一出？

“中国最美旅游线路”丛书简介

"Zhongguozuimeilvyouxianlu"congshujianjie

《最美秦晋——从山西到陕西》

《最美江南——从南京到上海》

《最美中原——从洛阳到商丘》

《最美徽州——从黄山屯溪到三清山》

《最美湘桂——从湘西到桂林》

《最美福建——从厦门到闽东海岸线》

《最美海南——从海口到三亚》

本丛书包括：

最美秦晋——从山西到陕西
最美江南——从南京到上海
最美中原——从洛阳到商丘
最美徽州——从黄山屯溪到三清山
最美湘桂——从湘西到桂林
最美福建——从厦门到闽东海岸线
最美海南——从海口到三亚

本套丛书追求有个性有特色的旅行，淡化走马观花的传统方式，追求历史文化民俗的深度感悟、风景美食住宿的独特体验，倡导“大景点”概念，提倡在一个地方要做几件事。除了游览出售门票的传统景点之外，更推崇在当地探索不为人熟知的特色风景，寻找巷陌深处的地道美食，住一家温馨浪漫的小客栈，听一段地方戏，寻一件民间工艺品等等。这套丛书还打破了传统旅游书以省划分的模式，每本书都不限定某一个行政区域，而是在全国范围内精选多条特色经典路线，设计出最合理的行程安排，每条路线又可以根据读者不同的时间兴趣分化为数条小路线，全书景点行程可相对独立又紧密相连贯通一体。本套丛书由资深背包客实地考察后撰写，文字和照片均为原创，定能带给你全新的启示，使你的旅行充满趣味，更加丰富多彩。

《悠闲慢旅行》
书号：ISBN 978-7-5124-0508-0
定价：39.80 元
出版社：北京航空航天大学出版社

《背包客》
书号：ISBN 978-7-5124-0689-6
定价：39.80 元
出版社：北京航空航天大学出版社

《老北京新北京 2012-2013》
书号：ISBN 978-7-5124-0682-7
定价：39.80 元
出版社：北京航空航天大学出版社

快读慢活

陪伴女性终身成长

儿童拉伸

[日] 村山巧 著
吴梦迪 译

江西科学技术出版社

前言

大家好，非常感谢大家购买本书。

我是柔软美伸展运动教练村山巧，主要从事拉伸方面的训练指导。在我的指导下，至今超过2万人身体的柔韧性都得到了提高。其中，也不乏从事啦啦操、艺术体操、芭蕾、独轮车、花样滑冰等对柔韧度要求比较高的专业运动员。

在课堂上，有人会问我“劈叉时想让双腿分得更开，应该如何拉伸”“哪些拉伸可以让搬旁腿做得更加优美”等问题。

为了让众多想要变得更加柔软、更加优美的人了解并进行正确的拉伸，我写下了这本书。

本书介绍了最基本的前屈式、轮式，以及难度相对较高的搬旁腿、贝尔曼等各种体式。我会按照不同的体式，具体介绍对应的拉伸方法。无论是否擅长运动的孩子都可以尝试。

另外，除了孩子之外，本书介绍的提高柔韧性的方法大人也可以尝试。

书中还介绍了亲子组队拉伸的练习方法，全家人不妨一起尝试这些方法。

为了方便读者更有效地进行拉伸，本书还附赠了拉伸视频，在做相应的体式练习时，大家可以扫描二维码来观看。

我在书中介绍的拉伸叫做“极速拉伸”，是一种将脑科学与筋膜放松结合在一起的全新拉伸法，它的最大优点就是能够以最快的速度提高身体的柔韧性。

第一次尝试极速拉伸的人能感觉到身体的明显变化，一定会惊讶地发现身体比平时伸展得更开。从事艺术体操等运动项目的专业人士也会立马感受到柔韧性得到了飞速提升。

话不多说，让我们先做好极速拉伸前的准备，愉快地开始拉伸吧。

极速拉伸前的准备与注意事项

- 开始拉伸前要先热身，拉伸时全身放松，注意不要屏住呼吸。
- 拉伸时要让身体一直处于“又痛又舒服”的状态，既没有强烈的痛感，又有恰到好处的拉伸感。
- 保持积极的心态，感受身体的变化，不要和周围的人攀比。
- 量力而行，相信自己的身体可以变得柔软。
- 拉伸时要全身心投入，将拉伸变为一种日常习惯。
- 本书第二部分介绍了常见体式及柔韧性训练步骤，请先按照第三部分介绍的具体拉伸方法进行逐一拉伸、充分热身后再尝试。

● 无论你是初学者，还是有运动经验的人，一定要注意在练习时保护好自己，不要操之过急、避免受伤。如有必要，可寻求线下专业老师进行指导。

最后，拉伸时要勇于尝试并鼓励自己。新的突破与能力的提升离不开日积月累的练习。每当大家掌握了新的体式，或者稍微感觉到一点进步，不妨多鼓励自己。

那么，赶紧开始拉伸吧！

村山巧

极速拉伸
BEFORE & AFTER

我挑选了8个正在练习极速拉伸的孩子，并向家长们询问了孩子平时练习拉伸的效果。请对照下图，注意进行拉伸后做各个体式的前后对比。

BEFORE

练习的体式

• 轮式 ▶ 第 30 页

AFTER

久光佑志人（9岁）

运动经验 几乎无

拉伸后，做轮式弓得更高了！

我是佑志人的妈妈，是一名瑜伽健身教练兼舞蹈技术指导，同时也是艺术体操教练。随着年龄的增长，我感觉自己的大腿前侧以及肩膀的柔韧性一年不如一年，给学员进行技术指导时，甚至开始担心自己的动作做不到位。于是我报名参加了村山巧老师的课程，学习准确的局部拉伸法。在村山老师的指导下，我实现了多年以来的夙愿——做贝尔曼（立位）的时候，成功将腿提了起来。

于是，我让儿子也学习这种拉伸方法。儿子没有练习过其他体育项目，但拉伸完后再做轮式，弓得比之前更高了，真是太不可思议了。我切身感受到这种拉伸方法对改善没有运动基础的孩子的柔韧性也十分有效。

腿抬得比之前高了很多！

我的两个女儿都在独轮车俱乐部向村山巧老师学习拉伸法。在独轮车比赛中，有一个项目需要骑在独轮车上做各种各样的姿势。因此，我想让她们提高柔韧性，这样她们在做搬旁腿或交叉提腿完成贝尔曼的体式时，两条腿就能保持在一条直线上。

她们通过村山巧老师的课程了解到，对乍看毫无联系的身体部位进行拉伸也有助于提高柔韧性。于是，她们更加坚定了想要让身体变得更柔软的想法。她们决定在家里继续拉伸。坚持了一段时间之后，她们发现可以非常顺利地向后抬腿了，还说今后除了柔性练习之外，一定会坚持拉伸，让自己的动作看上去更加优美。

平野莉耶（11 岁）

运动经验 啦啦操、杂技

练习的体式

- 跷跷板式 ▶第 32 页
- 横劈腿 ▶第 26 页

弓式和劈腿做起来都变轻松了！

我是莉耶的爸爸，遇到村山巧老师的时候，我正在为提升莉耶的啦啦操技术而寻找正确的拉伸方法。莉耶做竖劈腿或贝尔曼等需要上下开腿的动作时，膝盖到大腿前侧的部位总是很疼。这就导致她的腿总是抬不上去，或大腿前侧无法与地面贴合。

村山老师在课上进行了主要使用泡沫轴让筋膜放松的拉伸指导。莉耶感觉效果非常好，她回家后仍然非常积极地坚持拉伸。结果，她的柔韧性越来越好，以前无法完成的贝尔曼也可以做到了。村山老师还教她学会了运动放松的方法，莉耶非常开心地说："现在因为训练产生的疲惫感很快就能消除了。"

BEFORE

颤颤巍巍

『唰』地抬了起来

AFTER

山田璃子（8岁）

运动经验 爵士舞、艺术体操

练习的体式

● 贝尔曼 ▶第46页

从舞者式成功进阶贝尔曼！

练习艺术体操的女儿想学会竖劈腿和贝尔曼，但是她的身体柔韧性不够，我决定请村山巧老师帮忙指导。课上，村山老师主要针对女儿缺乏柔韧性的大腿前侧进行了极速拉伸。村山老师非常亲切，不停地鼓励、表扬孩子，女儿也非常愉快地投入到了课程中。

女儿惊讶地发现，通过拉伸，她的身体明显变柔软了。她在家里也非常积极地坚持拉伸，最后，她成功做到了竖劈腿和贝尔曼。我发现女儿不仅完成了目标动作，人也变得更加自信、更有干劲了。

练习的体式

- 前屈式 ▶第 16 页
- 搬旁腿 ▶第 40 页

大竹绘美（36 岁）

运动经验 游泳

大竹 HIYORI（7 岁）

运动经验 啦啦操、杂技

前屈做得更深入了！“Y”变成了“I”！

跳啦啦操的女儿有两个烦恼，一个是做竖劈腿时后腿的膝盖伸不直，另一个是做贝尔曼时腿抬不上去。我通过社交媒体知道了村山巧老师的极速拉伸，于是立即给女儿报了他的课程。课程内容主要针对大腿部分，一次课只有一个半小时左右，但女儿前后的变化却令人惊讶。拉伸完后，女儿做竖劈腿时，双腿都能伸直了；做贝尔曼时，腿也能顺利地抬起来了。我以前一直以为只要把腰练柔软，把腿往上拉就可以了，但这次课程颠覆了我的认知。女儿也萌生了“我可以做到，我还想再练练”的想法，现在她依旧每天坚持拉伸，有时还会非常自豪地把成果展示给啦啦操的老师和队友看。

练习的体式

- 前屈式 ▶第 16 页
- 贝尔曼 ▶第 46 页

成功完成了贝尔曼！做前屈时手能碰到地面了！

跳啦啦操的女儿想要做出完美的劈叉、搬旁腿和贝尔曼。村山巧老师告诉她，除了下半身之外，身体侧面和肩部的柔韧性也很重要。她在家里每天坚持拉伸，现在做贝尔曼时，腿明显比以前抬得更高了。而且因为肩部变得更加灵活，手也能更容易握住腿了。除此之外，在做搬旁腿时，也从原来的“Y”字形变成了现在的“I”字形。对此，她感到非常开心。

看到女儿的进步，我也开始了拉伸，效果真的立竿见影，令人惊讶。我发现，有时候对一些看似无关联的部位进行拉伸，可以收获更好的效果。以后，我和女儿都会继续拉伸，希望女儿的啦啦操水平和我的冲浪水平都能得到提升。

练习的体式

● 眼镜蛇式 ▶第 18 页
● 飞机式 ▶第 28 页

渡边启美（39 岁）

运动经验 游泳 网球

渡边葵（13 岁）

运动经验 啦啦操、游泳

腿抬得更高！做眼镜蛇式时身体也更柔软了！

我是小葵的妈妈，因为女儿在跳啦啦操，所以她想要提高柔韧性。一次偶然的机会，我在书店看到了村山巧老师的课程宣传，就和小葵一起报名参加了。最先令我惊讶的是，村山老师的贝尔曼做得太美了。女儿更是激动得两眼放光。上课前，我一直觉得自己的身体很僵硬，但上过老师的课之后，我发现竟柔软到让我不敢相信这是自己的身体。

从那之后，女儿开始照着老师的书练习拉伸。以前拉伸时总是伴随着疼痛，但现在，她甚至会说“好舒服”。虽然开始练习的时间还不长，但她身体的柔韧性有了脱胎换骨的变化，还受到了教练的表扬，因此非常开心。

练习的体式

● 竖劈腿 ►第 44 页

下川明花（11 岁）

运动经验 啦啦操、网球

下川彩香（41 岁）

运动经验 啦啦操、现代芭蕾

竖劈腿时身体后仰，姿态更美了！

我是明花的妈妈，在啦啦操队当教练，之前请村山巧老师来队里上过课。课程内容非常丰富，既有使用泡沫轴的筋膜方式，也有利用墙壁的脑科学方式。经过村山老师指导，队里所有人的身体柔韧性都得到了显著提升。

我女儿不擅长前屈式，每天都会做足底滚球的训练。上过村山老师的课后，她的脚底变软了，甚至非常开心地说：“就算双脚站在高尔夫球上，也不会痛了。”做前屈式和眼镜蛇式时也更加轻松了，还学会了撑地前空翻[1]。对我这样的教练而言，村山巧老师的课程也是令人受益匪浅。

1 啦啦操的技术动作之一。两手撑地向前翻转，双脚和腰翻至头部上方呈倒立状态，再向前翻转，双脚相继着地后回到站立状态。

目录 · CONTENTS ·

常见体式介绍及柔韧性训练步骤

身体各部位的拉伸方法

为什么身体僵硬不好呢？

柔韧性好的好处

身体僵硬是指肌肉、筋膜、韧带、肌腱等失去韧性的状态。如果这些地方变得僵硬，各处关节的可活动范围就会变小，导致身体越来越不灵活。身体不灵活，自然就会增加肌肉和韧带受伤的风险，还容易发生骨折等伤病。

柔韧性与肌肉力量、瞬间爆发力、持久力、身体协调能力一样，都是运动的基本能力。也就是说，好的身体柔韧性意味着更容易有好的运动表现。为了获得或者维持身体的柔韧性，养成拉伸的习惯至关重要。

每天坚持拉伸，不仅可以提升运动能力，还能让你在日常生活中更轻松地活动身体。同时，拉伸可以改善血液循环，增进健康，拉伸时“酸爽”的感觉也有助于放松身心。

身体变得僵硬之后

关节的可活动范围变小，
更容易受伤！

养成拉伸的习惯之后

身体的柔韧性增强！

柔韧性增强之后

不仅运动能力得到提升，
身体也更健康！

以最快速度提高柔韧性的

极速拉伸

说到拉伸，比较常见的方法有两种：一种是一边呼吸一边缓缓拉伸肌肉的“静态拉伸”，另一种是一边活动身体一边拉伸肌肉的“动态拉伸”。这两种方法都有效，不过，想通过这两种方法提高身体的柔韧性，需要很长一段时间。

本书介绍的**“极速拉伸”最大的特点就是能够让身体快速变柔软，有时候甚至在拉伸过程中就能感受到。**

用汽车来打个比方，普通的拉伸就相当于挂在最低挡行驶的汽车，缓慢而安全；而极速拉伸则是挂在最高挡的汽车，既能保证速度，又能确保安全。

啦啦操、艺术体操、花样滑冰等艺术观赏性较强的运动项目对身体的柔韧性要求很高，极速拉伸最初是为了提高这类运动的表现力而诞生的。

筋膜方式

×

脑科学方式

极速拉伸之所以能以最快的速度提高柔韧性，是因为这种方法综合了筋膜方式和脑科学方式的双重效果。

关于这两种方式，我在后文会作详细讲解。简而言之，就是利用“筋膜”的身体机制和“脑科学”的神经系统机制，让身体能够更加快速地变柔软。

在依靠身体柔韧性提高运动表现力的竞技体育项目中，极速拉伸可以带来惊人的变化。而在其他体育项目中，这种拉伸方法也可以预防伤病，并提高运动水平。对于成年人和老年人而言，肌肉变得更有柔韧性还有助于改善血液循环，缓解体寒和水肿，减轻肩颈酸痛等症状，可以让身体变得更加健康。

不过，身体柔韧性好的人，往往关节会不太稳定。因此建议各位不要只注重身体的柔韧性，同时也要锻炼肌肉力量，这样才能做出柔软而有力量的动作。

为身体“松开刹车”的

筋膜方式

筋膜就是包裹在肌肉外面的薄膜，从颅骨下延至脚底，遍布全身。它就如紧身衣一样，将全身上下从表层到里层，全方位无死角地包裹住。筋膜像毛衣一样，具有伸缩性。毛衣变硬后，穿在身上就会感觉紧，胳膊也不方便动弹。同理，当身体一直维持某种不良姿势或动作时，筋膜的一部分就会陷入疲惫的状态，变得僵硬。此时，身体就像踩了刹车一样，整体的筋膜活动都会受到影响，导致肌肉和关节无法正常活动。如果想让肌肉和关节恢复正常的活动，就需要放松筋膜，使其恢复原状，这个过程被称为“筋膜放松”。

本书将基于筋膜放松进行的练习称为筋膜方式。当感觉身体某个部位堵塞或酸痛时，用“又痛又爽”的力度按压这个部位，并活动这个部位，就有很好的效果。

这就是筋膜方式的厉害之处！

疲劳僵硬的筋膜会为身体“踩下刹车”。为了“松开刹车”，可以通过筋膜方式进行拉伸练习。这种方式的重点在于用手或泡沫轴按压，使肌肉产生又痛又舒服的感觉。

比如

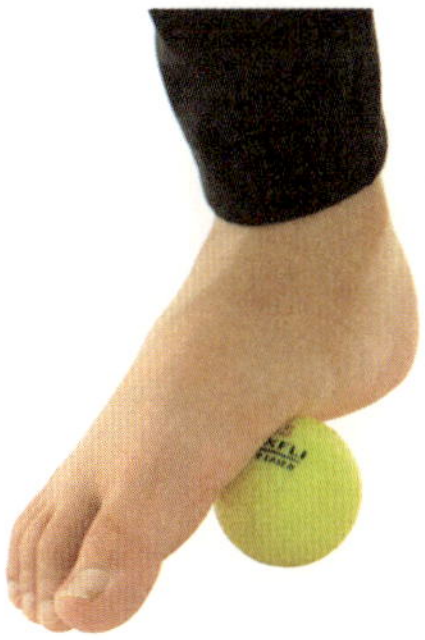

踩着球，让其在脚底来回滚动，放松脚底的筋膜。

结果

上半身非常轻松地弯了下去，前屈做得更好了。

为心理“松开刹车”的
脑科学方式

大脑都存在潜意识。比如，做前屈式时，如果觉得自己不可能再往下压了，身体就会无意识地“踩下刹车”，不再前往更柔软的地方。在拉伸的时候，松开心理上的刹车非常重要，但需要付出很多努力。**“PNF拉伸法”对松开无意识的刹车很有效，**是康复治疗中常用的运动疗法之一。“PNF拉伸法”就是利用肌肉收缩之后容易放松的特性，**先让肌肉强力收缩，然后再放松，这样就可以在短时间内提高肌肉的柔韧性，扩大关节的可活动范围。**本书将基于“PNF拉伸法”进行的拉伸练习称为“脑科学方式”。脑科学方式的基本做法是先通过抵抗性的动作让肌肉收缩，然后再让肌肉放松。重复这个过程，肌肉就可以得到进一步的伸展。

这就是脑科学方式的不可思议之处！

用力抵抗让肌肉收缩，再让肌肉放松，这就是脑科学方式。用脑科学方式对右大腿后侧进行拉伸时，可用毛巾拉拽腿部，同时右大腿后侧发力抵抗，就像要把腿推回原位一样。

右大腿后侧停止抵抗，放松3秒。双手继续用力拉拽毛巾。再次抵抗、放松后，就会发现大腿后侧肌肉的柔韧性变好了，用毛巾拉拽腿部也比第一次更轻松了。

重复练习的次数越多，肌肉的柔韧性就越好！

全家一起拉伸，
一起变柔软吧

父母可以和孩子一起尝试！
无论从什么时候开始，
拉伸都不会辜负你！

大人可以和孩子一起尝试本书介绍的拉伸方法。大人平时只做一些工作和生活相关的活动，身体容易变得僵硬。因此，请一定要利用本书，和孩子一起拉伸，改善身体的柔韧性。拉伸绝不会辜负你！

组队拉伸，效果加倍！

组队拉伸时，建议家长和孩子一边交流一边进行拉伸。特别是当孩子感到疼或痒的时候，要调整力度。可以通过肌肤接触，和孩子一起用心感受身体的变化。

拉伸工具介绍

泡沫轴

表面凹凸的泡沫轴可以按摩放松筋膜。选用直径10cm的为佳。也可以用毛巾卷曲代替。

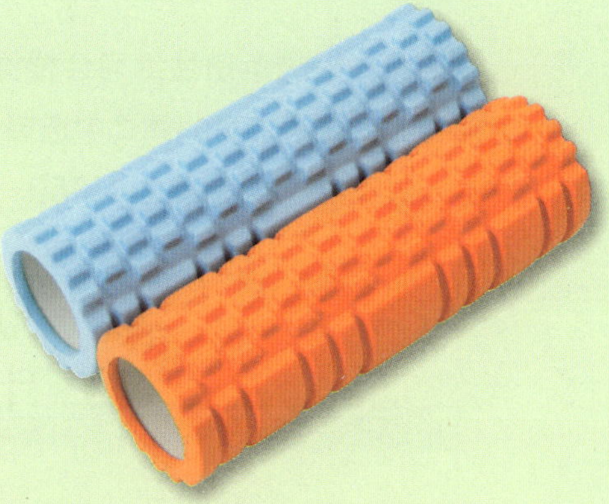

毛巾类

可以铺在地板上保护手肘或膝盖，也可以挂在脚上拉拽腿部。使用浴巾或大一点的毛巾均可。

高尔夫球

在本书中，用筋膜方式放松脚底时使用的是高尔夫球。如果觉得高尔夫球太硬或太小，也可以用网球等代替。

本书使用方法

本书介绍的柔韧性练习会根据不同的体式，采取不同的拉伸方法。请从第16~47页的体式中选择你想尝试的，然后按照对应的拉伸方法，依次挑战各个体式。第50~107页介绍的是身体各部位的拉伸方法。

第16～47页的阅读方法

明确标出了完成这个体式需要进行柔韧性练习的身体部位。

这部分依次列出了完成某个体式需要进行的拉伸练习步骤。

进行柔韧性训练前

- 有些柔韧性训练对身体的平衡能力有要求。拉伸的时候要防止摔倒，不要勉强，可以借助墙壁等进行练习，量力而行。
- 进行柔韧性训练时，如果伴随强烈的疼痛感，请不要勉强，立即停止。
- 不同体式柔韧性练习的步骤都各不相同。练习时，如果感觉体力跟不上，可以中途停止。只要坚持练习，总有一天能做到。请一步一个脚印，踏踏实实地推进。
- 书中列举的柔韧性训练方法中的拉伸次数和秒数仅供参考。如果练习过度，第二天可能会感觉身体疼痛，请根据自己的实际情况进行调整。
- 本书介绍的拉伸方法，大人和小孩都适用。父母不妨和孩子一起尝试。
- 本书介绍的柔韧性训练方法，效果立竿见影。每天坚持训练，效果会更好。

第 50 ~107 页的阅读方法

大部分柔韧性训练都应按照“筋膜方式→脑科学方式”的顺序进行，请尽可能坚持练习。部分训练只需“筋膜方式”。

脑科学方式

筋膜方式

列出了需要这个部位柔韧性好的体式。

本书介绍的部分柔韧性训练方法适合家长和孩子一起组队拉伸。组队拉伸比一个人拉伸效果更好，建议家长和孩子积极尝试。

第 40~47 页介绍的高阶体式是本书中难度最高的。因此，除了柔韧性的训练方法以外，我还在第 100~107 页介绍了详细的练习方法。

下一页也请在拉伸前仔细阅读!

什么是“抵抗”？

本书介绍的“抵抗”是脑科学方式中出现的词语。主要是指身体某特定部位有意识地向身体活动相反的方向用力，让肌肉强力收缩的行为。抵抗后再放松，以此提高柔韧性。

柔韧性训练方法中箭头和圆圈代表的含义

红色箭头

代表筋膜方式中的身体活动方向

绿色箭头

代表脑科学方式中的身体活动方向

蓝色箭头

代表脑科学方式中“抵抗”绿色箭头的方向

粉色圆圈

代表“抵抗”时用力的身体部位

关于本书附带的视频

本书第 50 ~107 页附带了柔韧性训练的视频。在练习时，可扫描二维码观看具体的步骤。

全都学会后，你一定会成为班里的人气王！

常见体式介绍及柔韧性训练步骤

基础体式

- 前屈式
- 眼镜蛇式
- 绷脚式
- 蝴蝶式
- 桥式

经典体式

- 横劈腿
- 飞机式
- 轮式
- 跷跷板式
- 半鱼王式
- 舞者式
- 牛面式

高阶体式

- 搬旁腿
- 鸽子式
- 竖劈腿
- 贝尔曼

先从需要身体柔韧性的基础体式进行讲解吧。本章根据各个体式，通过图解的形式简单易懂地标出了需要提高柔韧性的身体部位。请按照柔韧性的训练步骤逐一拉伸！

No.1

身体后方的柔韧性是关键

前屈式

在站立状态下，上半身向前倾，让手指靠近地面。这个体势是判断身体柔韧性最好的方法。想让前屈式做得更深入，从脚底到颈部的整个身体后方的柔韧性至关重要。

想做好前屈式，需要提高柔韧性的身体部位

- ☑颈部
- ☑背部
- ☑大腿后侧
- ☑臀部
- ☑小腿
- ☑脚底

柔韧性训练步骤

只要脚底变柔软，前屈式就能做得更深入

不擅长做前屈式的人，其脚底、小腿后侧、臀部、背部和颈部中，必定有某个部位的肌肉缺乏柔韧性。做前屈式时，背部或小腿会有紧绷感，我们很容易误认为是这两个部位的柔韧性不足。但很多时候我们无法完成前屈式，是因为脚底的肌肉变僵硬了。只要对脚底进行拉伸，让脚底肌肉变柔软，做前屈式就能轻松很多。

当然，除了脚底之外，身体后侧所有部位的拉伸也非常重要。驼背等错误姿势就不用说了，看书或玩手机时，如果长时间维持头部向前伸的姿势，也会使身体后侧的肌肉变僵硬。因此，除了脚底之外，也要多对身体后侧进行拉伸，提高其柔韧性。

基础体式

No.2

这个体式一气呵成会非常帅气

眼镜蛇式

和前屈式相反，眼镜蛇式是将头部向后仰的姿势。在芭蕾、艺术体操、啦啦操等运动中，单独做眼镜蛇式的情况不多。但如果做眼镜蛇式时动作干脆利落，整体看上去就会更加流畅、优美。

想做好眼镜蛇式，需要提高柔韧性的身体部位

- ☑ 背部
- ☑ 手臂
- ☑ 大腿前侧
- ☑ 大腿外侧
- ☑ 小腿前侧、脚尖
- ☑ 大腿根部

柔韧性训练步骤

1 大腿前侧拉伸 ▶ 第 74 页

↓

2 大腿根部拉伸 ▶ 第 92 页

↓

3 背部拉伸 ▶ 第 62 页

↓

4 手臂拉伸 ▶ 第 58 页

↓

5 大腿外侧拉伸 ▶ 第 82 页

↓

6 小腿前侧、脚尖拉伸 ▶ 第 94 页

提高身体前侧的柔韧性对减轻腰部负担很重要

想让头部充分后仰，提高身体前侧的柔韧性是关键，尤其是提高大腿前侧、大腿外侧的柔韧性非常重要。可以试着只对单侧的大腿前侧做拉伸，做完后就会发现，后仰时做过拉伸一侧的腰部会松弛很多。这个部位的柔韧性提高后，就可以做出肚脐以下紧贴地面、角度优美的眼镜蛇式了。另外，如果胸部和手臂的柔韧性也提高了，做眼镜蛇式时就可以将头部充分后仰。

做眼镜蛇式时，会增加腰部的负担。不过，可以通过提高整个身体前侧的柔韧性来减轻腰部或臀部的负担。这样不仅能让体式更加优美，还能防止受伤。背部的柔韧性也别忘记训练。

基础体式

No.3

让姿势更加优美的

绷脚式

在芭蕾和艺术体操中，脚尖绷得直不直会直接影响姿势的完成度和优美度。如果脚踝无法伸直或脚尖无法向脚底弯曲，不妨对小腿前侧、脚尖、脚底进行拉伸。

想做好绷脚式，需要提高柔韧性的身体部位

- ☑ 小腿前侧、脚尖
- ☑ 小腿后侧
- ☑ 脚底

柔韧性训练步骤

1 小腿前侧、脚尖拉伸 ▶ 第 94 页

⇩

2 小腿后侧拉伸 ▶ 第 88 页

⇩

3 脚底拉伸 ▶ 第 97 页

提高小腿前侧到脚尖的柔韧性，让姿势更优美

绷脚式能否做好，会影响很多姿势的美感。比如，做高阶体式搬旁腿（第40页）和贝尔曼（第46页）时，如果脚尖能够绷直，和小腿前侧在同一条直线上，整体看上去就会更加优美，腿也会显得更长。绷脚式会直接影响相关体式的完成度，很多人都想练好。

做绷脚式时，小腿后侧的肌肉会收缩。如果小腿前侧的肌肉、脚背以及脚尖得到充分拉伸，柔韧性就会变强，小腿后侧的肌肉收缩能力也会随之增强，脚尖自然也会绷得更美、更标准。而且，如果小腿后侧得到充分拉伸，柔韧性增强，当肌肉收缩时就不会抽筋了。

No.4

无法完成这个动作的孩子出乎意料得多

蝴蝶式

现在越来越多的孩子无法完成双脚脚心并拢的蝴蝶式，这都源于不良的久坐习惯。双脚脚心无法并拢，或膝盖无法打开时，可以拉伸大腿、臀部，以提高这些部位的柔韧性。

想做好蝴蝶式，需要提高柔韧性的身体部位

- ☑背部
- ☑大腿内侧
- ☑大腿外侧
- ☑臀部

柔韧性训练步骤

1. 大腿外侧拉伸 ▶ 第 82 页

↓

2. 臀部拉伸 ▶ 第 71 页

↓

3. 背部拉伸 ▶ 第 62 页

↓

4. 大腿内侧拉伸 ▶ 第 85 页

在做蝴蝶式时，很多人会用手向下按压两边的膝盖。这么做很容易受伤，应尽量避免！建议对正确的部位进行拉伸！

增强大腿外侧和臀部肌肉柔韧性的关键

现在的孩子，从小就习惯了久坐的生活。因此，有很多孩子在做蝴蝶式时，都感到双脚脚心并拢而坐很难。有的孩子在做蝴蝶式时，身体甚至会往后翻倒。

如果大腿外侧到臀部的肌肉很僵硬，人在坐立时骨盆就会被向后牵引，从而导致人向后倾倒，无法做到蝴蝶式，或为了保持平衡而将后背拱起来。

可以先试着只做单侧的拉伸，这样就会发现经过拉伸的一侧膝盖更贴合地面。顺便一提，很多人做拉伸时，会用手向下按压两边的膝盖。这样做很容易受伤，应尽量避免。

基础体式

No.5

可以找到肚脐正面朝上的感觉

桥式

桥式是指在仰卧的状态下抬起臀部，让肚脐正面朝上的姿势。这是一个将身体抬离地面的反重力姿势，因此身体前侧的柔韧性非常重要。这个体式也是轮式（第 30 页）的准备阶段，建议通过这个姿势来找到让肚脐正面朝上的感觉。

想做好桥式，需要提高柔韧性的身体部位

- ☑ 颈部
- ☑ 肩周（三角肌）
- ☑ 背部
- ☑ 大腿前侧
- ☑ 大腿根部

柔韧性训练步骤

髋关节的活动有助于将臀部抬离地面，还能提高背部的柔韧性

要想将臀部抬离地面，大腿前侧、脚踝的柔韧性至关重要。尤其是觉得臀部太沉，抬不起来的人，只要通过拉伸提高脚踝的柔韧性，就可以扩大髋关节的活动范围，顺利地抬起臀部，并让肚脐正面朝上。另外，提高颈部和肩周的柔韧性，有助于打开胸部，让上半身更容易被抬起来。做这个体式时，可以将折叠的毛巾垫在颈部下方，以保护脖子。

提高身体的柔韧性不仅可以促进肌肉的伸展，还能促进肌肉的收缩。想充分伸展身体前侧，背部就必须充分收缩。因此，对背部进行充分拉伸有助于更好地伸展身体前侧。

经典体式

No.1

最想学会的体式之一

横劈腿

对于“身体变柔软后，想要做什么”这个问题，几乎所有人都会回答“横劈腿”。可见这个体式是大人和小孩最想学会的体式。骨盆无法倾倒或双腿无法打开的人，都需要提高与髋关节相关的肌肉的柔韧性。

想做好横劈腿，需要提高柔韧性的身体部位

- ☑背部
- ☑身体侧面
- ☑臀部
- ☑小腿后侧
- ☑大腿内侧
- ☑大腿外侧
- ☑大腿后侧

柔韧性训练步骤

1 大腿内侧拉伸 ▶ 第85页
⇩
2 大腿外侧拉伸 ▶ 第82页
⇩
3 大腿后侧拉伸 ▶ 第78页
⇩
4 小腿后侧拉伸 ▶ 第88页
⇩
5 臀部拉伸 ▶ 第71页
⇩
6 背部拉伸 ▶ 第62页
⇩
7 身体侧面拉伸 ▶ 第64页

先提高所有部位的柔韧性，然后结合自己的情况，有针对性地拉伸

横劈腿是很多想提高身体柔韧性的人的目标。无法完成横劈腿的人，主要可分为以下3种类型。

第一种是腿打不开、走路时有内八字倾向。这类人的大腿内侧肌肉的柔韧性不够。

第二种是骨盆无法向前倾倒。这类人的大腿外侧、臀部以及背部的肌肉都比较僵硬。

第三种是腿打不开、骨盆也无法倾倒。这类人的大腿、臀部的所有肌肉都比较僵硬。

建议先提高所有部位肌肉的柔韧性，再尝试横劈腿。不要只拉伸髋部的肌肉。

经典体式

No.2

除了柔韧性之外，还需要有肌肉力量

飞机式

双手向左右打开，一条腿向后抬起，保持平衡。后方的腿抬得再高一点，就会成为芭蕾舞中的阿拉贝斯克、艺术体操中的后抬腿以及花样滑冰中的燕式步。

想做好飞机式，需要提高柔韧性的身体部位

- ☑ 胸部
- ☑ 抬起的腿：大腿前侧
- ☑ 抬起的腿：大腿根部
- ☑ 直立的腿：臀部
- ☑ 直立的腿：大腿后侧
- ☑ 直立的腿：小腿后侧
- ☑ 直立的腿：脚底

柔韧性训练步骤

1. 脚底拉伸 ▶ 第 97 页
2. 小腿后侧拉伸 ▶ 第 88 页
3. 大腿后侧拉伸 ▶ 第 78 页
4. 臀部拉伸 ▶ 第 71 页
5. 大腿前侧拉伸 ▶ 第 74 页
6. 大腿根部拉伸 ▶ 第 92 页
7. 胸部拉伸 ▶ 第 68 页

拉伸部位和前屈式、眼镜蛇式一样，同时还要强化身体的核心力量

对于直立的腿而言，大腿后侧、小腿后侧等身体后侧的柔韧性比较重要。这和做前屈式（第16页）时需要提高柔韧性的部位一致。另一方面，抬起的腿则需要提高大腿前侧、大腿根部等部位的柔韧性。这和做眼镜蛇式（第18页）时需要提高柔韧性的部位一致。以上虽然列出了需要提高柔韧性的部位，但按照前屈式和眼镜蛇式的训练步骤进行练习，也可以提高飞机式的完成度。

做飞机式时需要张开双臂，单腿直立，并保持平衡，因此对肌肉力量也有一定的要求。保持上半身与地面平行，需要腹部、背部等核心部位的力量。脸部朝向前方则需要颈部肌肉的力量。还需要直立腿的脚趾具有足够的肌肉力量，以便能够“抓住”地面，保持身体不摇晃。

经典体式

No.3

轮式也是格斗类运动的基本技术之一

轮式

轮式是手心和脚底着地，整个躯体抬离地面的体式。其要领是将身体前侧高高抬起，并让手臂也承受一定的体重。在拳击、柔道等格斗类运动中，这个体式是防止被对手压制的基本技术之一。

想做好轮式，需要提高柔韧性的身体部位

- ☑胸部 ☑手臂
- ☑肩周（大圆肌）
- ☑肩周（三角肌）
- ☑背部
- ☑大腿前侧
- ☑大腿根部

柔韧性训练步骤

1 大腿前侧拉伸 ▶ 第 74 页

2 大腿根部拉伸 ▶ 第 92 页

3 胸部拉伸 ▶ 第 68 页

4 肩周（大圆肌）拉伸 ▶ 第 55 页

5 肩周（三角肌）拉伸 ▶ 第 52 页

6 手臂拉伸 ▶ 第 58 页

7 背部拉伸 ▶ 第 62 页

想呈现出弯弓一样的弧线，需要提高身体前侧所有部位肌肉的柔韧性

想做出好看的轮式，必须提高身体前侧几乎所有肌肉的柔韧性。这个体式需要用手脚支撑身体，因此除了柔韧性之外，还需要足够的肌肉力量。

大腿前侧和大腿根部的柔韧性如果不够，身体的重量就会全都落到脚上。这样一来，手脚就无法伸直，从膝盖到胸部就无法弯曲，而是呈现像桌子一样非常平的形状。如果手臂和肩周的柔韧性得到了改善，原本全都落在脚上的身体重量就会分摊一部分到手上，整个身体就会呈现出像弯弓一样的弧线。看书或玩手机时，身体背部的肌肉伸展，同时身体前侧的肌肉收缩。时间一长，肌肉就会变得僵硬。为了防止这种情况的发生，平时请多注意自己的姿势。

经典体式

No.4

抓住脚踝，将身体弯成弓形

跷跷板式

跷跷板式是指在俯卧的状态下，用双手握住双腿脚踝，让身体后仰成弓形的姿势。在瑜伽中，跷跷板式也叫做“弓式”。想做出漂亮的跷跷板式，大腿前侧和胸部的柔韧性至关重要。除此之外，为了抓住脚踝，还需要提高肩周和手臂的柔韧性。

想做好跷跷板式，需要提高柔韧性的身体部位

- ☑肩周（大圆肌）
- ☑胸部
- ☑手臂
- ☑肩周（三角肌）
- ☑背部
- ☑大腿前侧
- ☑大腿根部

柔韧性训练步骤

1 大腿前侧拉伸 ▶ 第 74 页

↓

2 大腿根部拉伸 ▶ 第 92 页

↓

3 胸部拉伸 ▶ 第 68 页

↓

4 背部拉伸 ▶ 第 62 页

↓

5 肩周（三角肌）拉伸 ▶ 第 52 页

↓

6 手臂拉伸 ▶ 第 58 页

↓

7 肩周（大圆肌）拉伸 ▶ 第 55 页

提高手臂和肩周的柔韧性，抓紧脚踝

手臂和肩周的柔韧性如果不够，就无法抓住脚踝。请先对手臂和肩周进行拉伸，提高它们的柔韧性。如果能够轻松抓住脚踝，放手的瞬间，脚就不会“啪”地摔落在地。

抓紧脚踝后，想让后仰的曲线更加圆润，需要提高大腿前侧、大腿根部、胸部等身体前侧肌肉的柔韧性。这些部位的柔韧性如果不够，就会增加腰部的负担，造成腰痛。

将身体弯成弓形后注意不要前后摇晃，因为肋骨碰到地面会有疼痛感。

经典体式

No.5

经典的拉伸动作

半鱼王式

做半鱼王式时，将一条腿跨过另一条腿，并弯曲膝盖，让身体带动另一侧的手反方向扭转。这个姿势在足球等运动中比较常见。常用来对身体侧面、背部、大腿外侧进行拉伸。

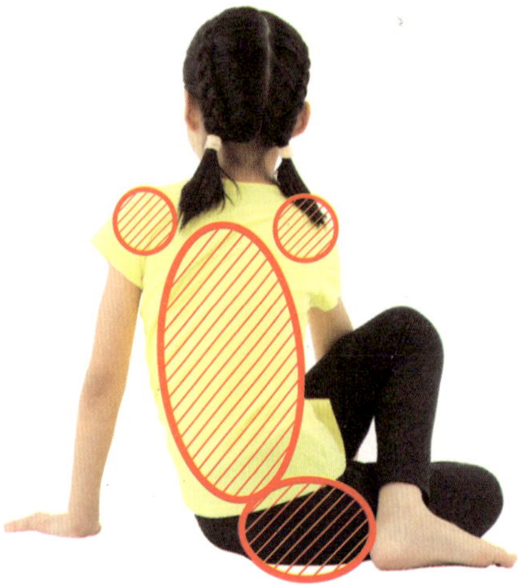

想做好半鱼王式，需要提高柔韧性的身体部位

- ☑肩周（三角肌）
- ☑背部
- ☑身体侧面
- ☑臀部
- ☑大腿外侧

柔韧性训练步骤

1 大腿外侧拉伸 ▶ 第 82 页

⇓

2 臀部拉伸 ▶ 第 71 页

⇓

3 背部拉伸 ▶ 第 62 页

⇓

4 身体侧面拉伸 ▶ 第 64 页

⇓

5 肩周（三角肌）拉伸 ▶ 第 52 页

即便是为了提升拉伸效果，也要按照步骤提高身体各部位的柔韧性

做这个体式可以先从蝴蝶式开始，然后将一条腿放到另一条腿的外侧，弯曲膝盖，并让胫骨与地面垂直。接着，将另一侧的手臂放到立起的腿的膝盖外侧，并用手臂推压膝盖，同时扭转身体。

如果能够提高立起的腿的臀部和大腿外侧的柔韧性，将腿放到另一条腿外侧时，遇到的阻力就会减少，膝盖也更容易弯曲。另外，如果肩周、身体侧面和背部具有良好的柔韧性，扭转身体时也会更轻松。

这个体式的拉伸训练相对比较简单。只要按照步骤提高各个部位的柔韧性，做这个体式时就不需要花费太多的力气，还可以得到更好的拉伸效果。

经典体式

No.6

练习贝尔曼的第一步

舞者式

做这个姿势时，一条腿站立，另一条腿向后抬起，同时用站立腿同侧的手抓住脚踝向上拉。想做好这个体式，上半身和下半身各部位的柔韧性都非常重要。这个动作也是练习高阶体势贝尔曼（立位）（第 106 页）的第一步。

想做好舞者式，需要提高柔韧性的身体部位

- ☑抬起的腿：肩周（大圆肌）
- ☑抬起的腿：手臂
- ☑抬起的腿：大腿前侧
- ☑抬起的腿：大腿根部
- ☑直立的腿：臀部
- ☑直立的腿：大腿后侧
- ☑直立的腿：小腿后侧
- ☑直立的腿：脚底

柔韧性训练步骤

1 肩周（大圆肌）拉伸 ▶ 第 55 页

2 手臂拉伸 ▶ 第 58 页

3 大腿前侧拉伸 ▶ 第 74 页

4 大腿根部拉伸 ▶ 第 92 页

5 臀部拉伸 ▶ 第 71 页

6 大腿后侧拉伸 ▶ 第 78 页

7 小腿后侧拉伸 ▶ 第 88 页

8 脚底拉伸 ▶ 第 97 页

想将腿抬高，直立侧的柔韧性也很重要

做舞者式时，上半身和抬起的腿就是单手跷跷板式的状态。因此，和跷跷板式相同，胸部、手臂、肩周、大腿前侧的柔韧性很重要。膝盖不必完全伸直，但是为了将腿抬高，还是有必要将膝盖伸展到一定程度。在做这个动作的时候，将上半身向前倾，可以获得不错的效果。另外，想将腿抬高，提高直立那一侧的大腿后侧和小腿后侧的柔韧性也很重要。

刚开始练习的时候，不要逞强，建议一步一步慢慢增加抬腿的高度。因为需要单腿站立，可以先借助椅子等来维持平衡，然后逐步增加抬腿的高度。

经典体式

No.7

做不到这个体式的人，可能平时的体态就不太好

牛面式

牛面式就是让双手在后背交握的姿势。如果一直驼背，或一直维持肩膀前倾的姿势，肩周就会变得僵硬，导致手很难放到后背上。而且，如果左手和右手的柔韧性不一样，交换做相反姿势时，就会明显感觉到一边容易，一边困难。

想做好牛面式，需要提高柔韧性的身体部位

- ☑ 肩周（三角肌）
- ☑ 胸部
- ☑ 上方的手：胳膊
- ☑ 上方的手：肩周（大圆肌）
- ☑ 上方的手：身体侧面

柔韧性训练步骤

1 肩周（三角肌）拉伸 ▶ 第 52 页

⇓

2 肩周（大圆肌）拉伸 ▶ 第 55 页

⇓

3 手臂拉伸 ▶ 第 58 页

⇓

4 胸部拉伸 ▶ 第 68 页

⇓

5 身体侧面拉伸 ▶ 第 64 页

先改变平时的姿势和动作，再对上半身进行拉伸

无法完成牛面式主要有两种情况：一是无论哪只手在上面都做不到；二是上面的手和下面的手交换之后做不到。

完全做不到的人，其肩周、胸部、手臂、身体侧面等上半身的几乎所有部位都比较僵硬。一直维持驼背或肩膀前倾的姿势，会导致这些部位变僵硬。建议平时多注意自己的姿势，然后再对各个部位进行拉伸。

交换手后做不到的人，请对上方的手臂和身体侧面，以及下方手臂的肩周（大圆肌）做拉伸。平时在用毛巾搓洗后背时，可以有意识地交换上下手的方向。这样也可以减少左右手柔韧性的差距。

高阶体式

No.1

令所有人都向往的超人气姿势

搬旁腿

搬旁腿是很多人都想要尝试的体式之一。做这个体式时，可以将一条腿搬向身体侧后方，同时另一侧的手臂向上举起。除了芭蕾和啦啦操以外，器械体操的地面技术动作中也经常可以看到这个体式。练习这个体式还可以提升格斗技术中高踢腿的完成度。

想做好搬旁腿，需要提高柔韧性的身体部位

- ☑ 大腿外侧
- ☑ 大腿后侧
- ☑ 小腿后侧
- ☑ 小腿前侧、脚尖
- ☑ 抬起的腿：臀部
- ☑ 贴地的一侧：肩周（大圆肌）
- ☑ 贴地的一侧：身体侧面
- ☑ 贴地的腿：大腿内侧

柔韧性训练步骤

1 身体侧面拉伸 ▶ 第 64 页

2 大腿外侧拉伸 ▶ 第 82 页

3 大腿后侧拉伸 ▶ 第 78 页

4 小腿后侧拉伸 ▶ 第 88 页

5 臀部拉伸 ▶ 第 71 页

6 大腿内侧拉伸 ▶ 第 85 页

7 肩周（大圆肌）拉伸 ▶ 第 55 页

8 小腿前侧、脚尖拉伸 ▶ 第 94 页

9 搬旁腿练习 ▶ 第 100 页

先记住侧躺时拉伸身体侧面的感觉，习惯后再站起来尝试

做搬旁腿时，最令人头痛的是将手举起来后，直立腿的膝盖会弯曲。这个问题可以通过提高直立侧的身体侧面，以及肩周（大圆肌）的柔韧性来解决。躺着做这个动作，不仅可以防止摔倒，还可以有效拉伸身体侧面。对于上方抬起的腿，则需要提高臀部和大腿后侧的柔韧性。将脚稍微往后偏一点，可以提高髋关节的灵活性，做搬旁腿时也会更加轻松。

可以在侧躺时做这个体式，也可以站立时做。如果身体难以维持平衡，可以倚靠墙壁等支撑物完成。等习惯后再撤掉支撑物。第100页介绍了搬旁腿练习的具体方法。

高阶体式

No.2

挺胸的姿势像鸽子

鸽子式

将一条腿弯曲，另一条腿向后伸展，然后上半身后仰，用臂弯去勾住后方的脚背。做这个体式时，需要全身都具有良好的柔韧性，尤其是支撑整个体式的大腿和脚踝。

想做好鸽子式，需要提高柔韧性的身体部位

- ☑前面的腿：臀部
- ☑前面的腿：大腿外侧
- ☑后面的腿：大腿根部
- ☑后面的腿：大腿前侧
- ☑后面的腿：小腿前侧、脚尖
- ☑肩周（大圆肌）
- ☑手臂
- ☑身体侧面
- ☑背部

柔韧性训练步骤

通过充分的拉伸，提高大腿和脚踝的柔韧性

鸽子式和眼镜蛇式相似，想做好这个体式，大腿前侧、外侧、根部的柔韧性尤其重要。提高后面一条腿的大腿前侧和根部的柔韧性，有助于上半身后仰，让臂弯更容易勾住脚背。用臂弯勾住脚背的动作需要肩周（大圆肌）、手臂和背部具有良好的柔韧性。

另外，做这个姿势时，如果前面一条腿的脚踝容易离开地面，需要对前面一条腿的大腿外侧和臀部进行拉伸。

强行做这个体式可能会造成腰痛。建议在做这个体式之前，先按照上面的柔韧性训练步骤进行充分的拉伸，然后分阶段进行练习。鸽子式的练习方法在第102页。

高阶体式

No.3

艺术性运动项目的必备体式

竖劈腿

竖劈腿是将双腿一前一后打开，同时保持上半身直立的体式，也叫做“竖劈叉”“一字马”。这个体式前后腿拉伸的部位正好相反，前腿拉伸的是整个大腿后侧，而后腿拉伸的是整个大腿前侧。做这个体式时，脚踝和臀部在内的整个下半身的柔韧性非常重要。

想做好竖劈腿，需要提高柔韧性的身体部位

- ☑前面的腿：大腿后侧
- ☑前面的腿：小腿后侧
- ☑前面的腿：臀部
- ☑前面的腿：脚底
- ☑后面的腿：大腿前侧
- ☑后面的腿：小腿后侧
- ☑后面的腿：大腿根部

柔韧性训练步骤

1 大腿后侧拉伸 ▶ 第 78 页

2 小腿后侧拉伸 ▶ 第 88 页

3 臀部拉伸 ▶ 第 71 页

4 脚底拉伸 ▶ 第 97 页

5 大腿前侧拉伸 ▶ 第 74 页

6 大腿根部拉伸 ▶ 第 92 页

7 大腿外侧拉伸 ▶ 第 82 页

通过对下半身前后侧进行拉伸，提高所有部位的柔韧性

做这个体式时，如果前腿的膝盖弯曲，或脚踝无法与地面贴合，建议提高前腿大腿后侧、小腿后侧和臀部的柔韧性。如果腰部不能朝前，肚脐和前腿朝向无法在一条直线上，则应提高后腿大腿前侧、大腿根部的柔韧性。

做竖劈腿时，两条腿的肌肉活动是完全相反的。要想前后换腿时轻松自如，就必须对每个部位进行充分的拉伸，均衡地提高各个部位的柔韧性。

做这个动作时，脚底如果足够柔软，脚尖就可以绷直，前腿的小腿前侧和脚背也能在一条直线上，显得整条腿又长又好看。

高阶体式

No.4

柔软姿势的巅峰!

贝尔曼

将一条腿向后抬起，然后用手握住，挺胸后仰。这个体式是本书中难度最高的，也叫做“搬后腿”“蜡烛式”“指针”。完成这个体式不仅需要全身的肌肉都具有良好的柔韧性，还需要足够的肌肉力量来维持平衡，稳定各个关节。

想做好贝尔曼，需要提高柔韧性的身体部位

- ☑肩周（大圆肌）
- ☑手臂
- ☑胸部
- ☑身体侧面
- ☑抬起的腿：大腿前侧
- ☑抬起的腿：大腿外侧
- ☑抬起的腿：大腿根部
- ☑抬起的腿：小腿前侧、脚尖
- ☑直立的腿：大腿后侧
- ☑直立的腿：小腿后侧
- ☑直立的腿：臀部
- ☑直立的腿：脚底

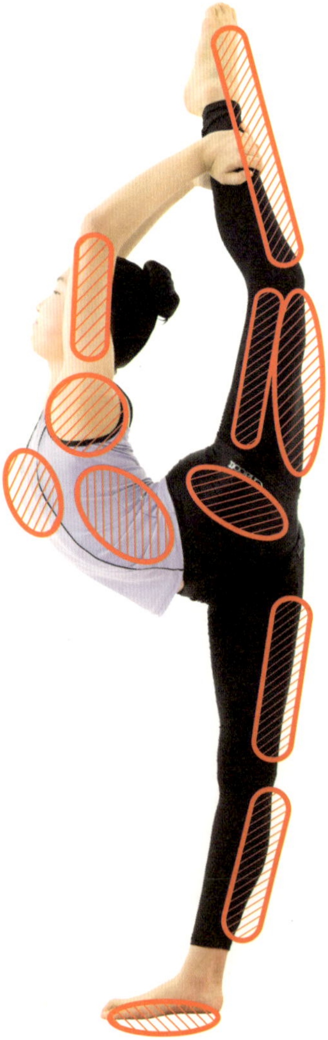

柔韧性训练步骤

1 大腿前侧拉伸 ▶ 第 74 页
2 大腿根部拉伸 ▶ 第 92 页
3 大腿外侧拉伸 ▶ 第 82 页
4 臀部拉伸 ▶ 第 71 页
5 大腿后侧拉伸 ▶ 第 78 页
6 小腿后侧拉伸 ▶ 第 88 页
7 脚底拉伸 ▶ 第 97 页
8 肩周（大圆肌）拉伸 ▶ 第 55 页
9 手臂拉伸 ▶ 第 58 页
10 身体侧面拉伸 ▶ 第 64 页
11 胸部拉伸 ▶ 第 68 页
12 小腿前侧、脚尖拉伸 ▶ 第 94 页
13 贝尔曼练习 ▶ 第 104 页

建议学会舞者式、鸽子式、竖劈腿后再挑战贝尔曼

贝尔曼就像立位的竖劈腿，外加挺胸后仰。伸展抬起那条腿的膝盖时，如果只顾着伸展膝盖，整个身体就会被向后牵引，导致摔倒。因此，将腿向上抬起时，需要平衡好伸展膝盖的力量和伸展手臂的力量。手的握法和轮式（第30页）一样，因此肩周、手臂、胸部的柔韧性很重要。

请分阶段练习舞者式（第36页）、鸽子式（第42页）和竖劈腿（第44页）。等这几个体式全都掌握后，再挑战贝尔曼。贝尔曼的练习方法在第104页。

开始拉伸！

身体各部位的拉伸方法

接下来就要正式学习拉伸了。我会介绍身体每个部位的拉伸方法，请按照柔韧性训练步骤逐一尝试！如果想更直观地了解具体的练习方法，请扫描二维码观看真人高清演示视频。

拉伸一览表

高阶体式练习方法一览表

颈部拉伸

胸锁乳突肌

斜方肌

胸锁乳突肌是从颈部前侧延伸至侧面的肌肉，斜方肌是从颈部后侧延伸至背部的肌肉。这两块肌肉支撑着沉重的头部，容易紧张变得僵硬，建议平时多做颈部拉伸，维持它们的柔韧性。

需要颈部柔韧性好的体式

- 前屈式 ▶第 16 页
- 桥式 ▶第 24 页

筋膜方式的颈部拉伸

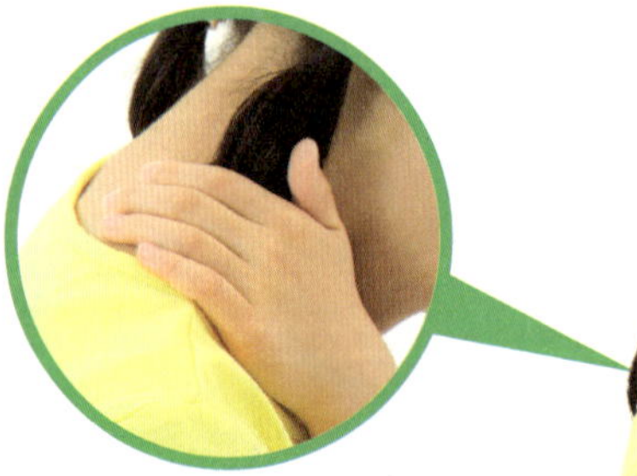

1 用手按压脖子根部

头向左倾，然后用左手手指按压右肩（脖子根部）。

2 前后大幅摆动手臂

维持脖子右侧的拉伸感，同时缓慢地前后大幅摆动右手臂。

来回
20次

3 摆动手臂，换另一侧做同样的动作

来回摆动 20 次，调整右肩位置，保证双肩成一条直线。然后换另一侧进行同样的拉伸。

亲子拉伸

来回
20次

家长双手交叠，按压孩子的肩膀（脖子根部）。注意要用指腹按压，而不是指甲。力度要适中，不要让孩子感觉疼痛。让孩子将头侧向另一侧的斜前方，同时缓慢地前后大幅摆动手臂 20 次。

肩周（三角肌）拉伸

三角肌

三角肌位于肩膀外侧，覆盖面积较大。举手、前后摆动手臂、展开双臂等各种动作都和三角肌有关。提高三角肌的柔韧性可以让轮式、跷跷板式等体式做起来更轻松。以下就从筋膜和脑科学两个方面来介绍三角肌的拉伸方法。

需要肩周（三角肌）柔韧性好的体式

- 轮式 ►第 30 页
- 跷跷板式 ►第 32 页
- 半鱼王式 ►第 34 页
- 牛面式 ►第 38 页

筋膜方式的肩周（三角肌）拉伸

1 用手抓住肩膀外侧

用右手紧握位于左肩外侧的三角肌。

2 大幅摆动左臂，同时右手的握力不要松懈

缓慢地前后大幅摆动左臂，同时右手的握力不要松懈。

来回 20次

3 摆动手臂，换另一侧做同样的动作

维持肩膀外侧的拉伸感，来回摆动左臂 20 次。换另一侧，重复相同的动作。

脑科学方式的肩周（三角肌）拉伸

1 用另一侧的手拉拽，用肩膀的力量抵抗

用左手抓住右上臂，使其靠向胸前，然后用左手拉拽右臂，同时右肩用力抵抗。抵抗时，可以默数 3 秒。

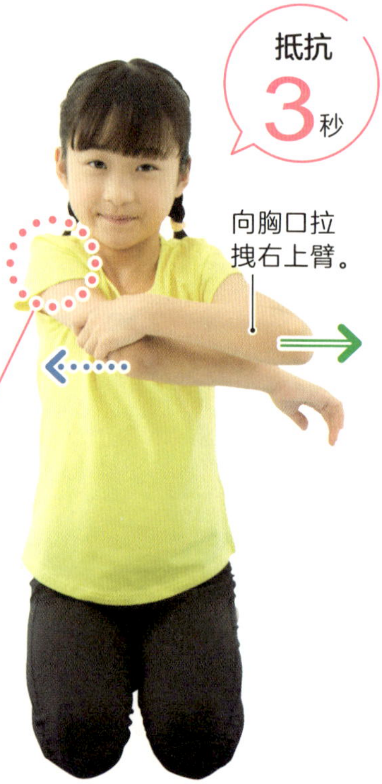

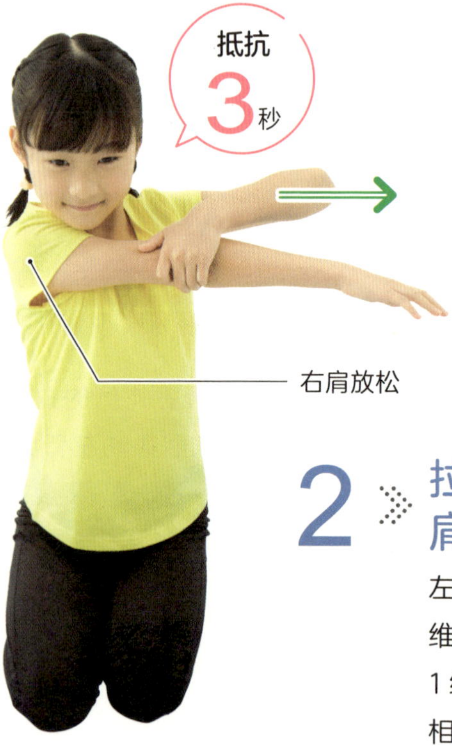

2 拉拽的力气不要松懈，肩膀放松，停止抵抗

左手继续拉拽，同时右肩停止抵抗。维持这种状态，默数 3 秒。1 和 2 为 1 组，做 3 组。换另外一只手，重复相同的动作。

肩周（大圆肌）拉伸

大圆肌
前锯肌

大圆肌是连接肩胛骨和手臂的肌肉，前锯肌是连接胸部和肩胛骨的肌肉，均位于腋下一带。它们都和肩胛骨的活动相关，影响肩膀和手臂的活动。练习各种经典体式、高阶体式时，都要求这个部位具有良好的柔韧性。

需要肩周（大圆肌）柔韧性好的体式

- 桥式 ►第 24 页
- 轮式 ►第 30 页
- 跷跷板式 ►第 32 页
- 舞者式 ►第 36 页
- 牛面式 ►第 38 页
- 搬旁腿 ►第 40 页
- 鸽子式 ►第 42 页
- 贝尔曼 ►第 46 页

筋膜方式的肩周（大圆肌）拉伸

1 将泡沫轴放在腋下

侧躺，弯曲膝盖。将泡沫轴放在右腋下方。右手向前伸展，左手轻轻着地，支撑身体。

2 慢慢地前后滚动上半身

将上半身靠在泡沫轴上缓慢地前后滚动，每次保持3秒左右。请感受一下右腋下方的拉伸。

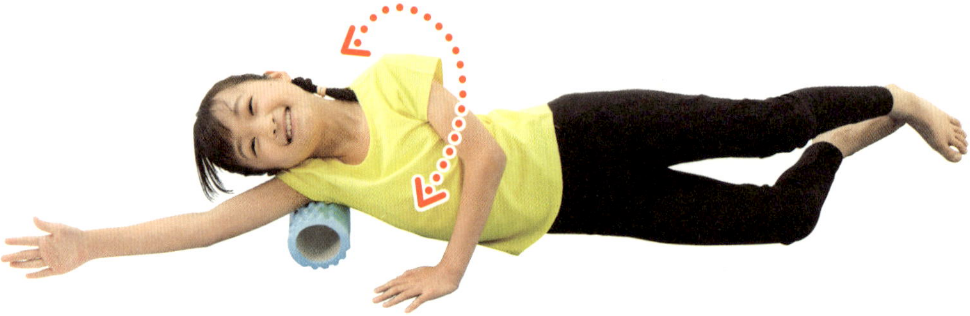

3 将手肘抬离地面进行

上半身前后滚动 20 次后，将双手举过头顶，确认一下右手肘是不是伸得更直了，举手是不是变得更容易了。然后，换另外一只手，重复相同的动作。另外，手肘悬空做这个动作，可以获得更好的拉伸效果。

来回20次

将手肘抬离地面。

脑科学方式的肩周（大圆肌）拉伸

1 用另一侧的手拉拽，肩膀用力向下抵抗

将双手置于脑后，左手抓住右手手肘，向左拉拽。此时，右肩向斜下方用力抵抗，可默数 3 秒。

2 拉拽的力气不要松，肩膀放松，停止抵抗

左手继续拉拽，同时右肩停止抵抗。维持这种状态，默数 3 秒。1 和 2 为一组，做 3 组。换另外一只手，重复相同的动作。

手臂拉伸

肱二头肌　肱桡肌
肱三头肌　大胸肌

肱二头肌具有弯曲手肘的功能，位于手臂内侧的肱三头肌具有伸展手肘的功能，而肱桡肌具有弯曲手肘、扭转下臂的功能。伸展手臂，或抓住腿部将其拉近身体时，需要手臂具有良好的柔韧性。

需要手臂柔韧性好的体式

- 眼镜蛇式 ►第 18 页
- 轮式 ►第 30 页
- 舞者式 ►第 36 页
- 牛面式 ►第 38 页
- 鸽子式 ►第 42 页
- 贝尔曼 ►第 46 页

筋膜方式的手臂拉伸

1 将上臂放在泡沫轴上

仰卧，将右上臂的外侧放在泡沫轴上。

2 翻转手心，滚动手臂

翻转手心，让手臂在泡沫轴上滚动。慢慢地来回翻转 20 次，每次 3 秒。换另外一只手臂，重复相同的动作。

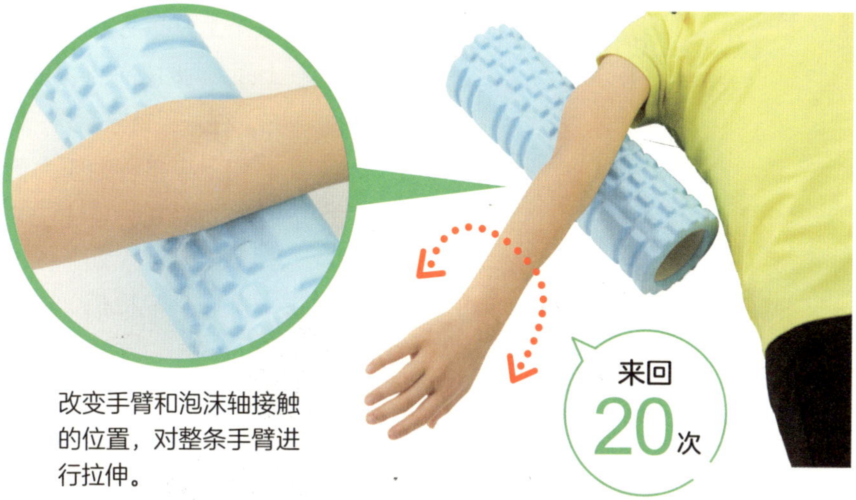

改变手臂和泡沫轴接触的位置，对整条手臂进行拉伸。

亲子拉伸

家长跪坐在孩子旁边，把孩子的手臂放到自己的大腿上。然后将双手轻轻放在孩子的手臂上，慢慢地前后滚动手臂 20 次,一次 3 秒。注意:按压力度过大或滚动速度过快会让孩子感觉疼痛。

脑科学方式的手臂拉伸

1 手臂用力，防止身体在重力的作用下下滑

将毛巾或瑜伽垫等卷起来铺在椅子上，然后双手抱臂放在上面，同时将头部置于手臂下方。注意手臂需用力，以防头部和上半身因为重力而向下滑落。抵抗时，默数 3 秒。

2 手臂不要用力，放松

手臂停止抵抗。维持这种状态，默数 3 秒。1 和 2 为一组，做 3 组。

亲子拉伸

让孩子做出 1 的姿势，家长把双手放在孩子的肩胛骨附近，轻轻按压其背部，同时让孩子的手臂和背部用力抵抗。默数 3 秒。然后停止抵抗，再默数 3 秒。重复 3 次。

将手放在孩子腰部按压，可能会伤到腰部。而且，按压背部时，如果力气太大，可能会使肩膀脱臼，家长一定要控制好力度。

背部拉伸

广背肌

竖脊肌

广背肌位于背部，覆盖面积非常大。竖脊肌控制着人体的姿势。这两块肌肉的柔韧性会影响体式的美观性。如果通过拉伸提高背部肌肉的柔韧性，做前屈式等伸展背部的动作自不必说，就连做眼镜蛇式等后仰的动作也会变得轻松很多。

需要背部柔韧性好的体式

- 前屈式 ▸第 16 页
- 眼镜蛇式 ▸第 18 页
- 蝴蝶式 ▸第 22 页
- 桥式 ▸第 24 页
- 横劈腿 ▸第 26 页
- 跷跷板式 ▸第 32 页
- 半鱼王式 ▸第 34 页
- 鸽子式 ▸第 42 页

筋膜方式的背部拉伸

1 仰卧，背部靠在泡沫轴上

仰卧，将背部靠在泡沫轴上。同时弯曲膝盖，并将双手举过头顶。

2 膝盖向左或向右倾倒，同时滚动背部

来回 20次

将膝盖弯曲，并左右倾倒，让背部在泡沫轴上滚动。倾倒时，速度要慢，每次约 3 秒。倾倒后身体先不要动，维持该状态 5 秒。来回滚动 20 次。换另一侧，重复相同的动作。

如果背部感觉疼痛，可以将手臂放下来

双手举过头顶时，如果背部有强烈的疼痛感，可以将手臂放置于身体两侧，再进行拉伸。

亲子拉伸

让孩子俯卧，家长用手心轻轻按揉孩子的背部。也可以用大拇指根部按揉。每次 30 秒左右。

按揉 30秒

身体侧面拉伸

腹斜肌

腹斜肌位于身体侧面（腹部旁边），扭转身体、向前或向左右倾倒身体、从趴着的状态挺起上半身时，都会用到这块肌肉。如果腹斜肌僵硬，做搬旁腿等高阶体式就会非常困难，因此对腹斜肌进行拉伸，提高其柔韧性很有必要。

需要身体侧面柔韧性好的体式

- 横劈腿 ►第 26 页
- 半鱼王式 ►第 34 页
- 牛面式 ►第 38 页
- 搬旁腿 ►第 40 页
- 鸽子式 ►第 42 页
- 贝尔曼 ►第 46 页

筋膜方式的身体侧面拉伸

1 将毛巾卷成一团，垫在腰部

侧卧，弯曲膝盖。将毛巾卷成一团，垫在右侧腰部。将右手伸直，左手轻轻着地，支撑身体。维持该姿势 30 秒，感受身体侧面被拉伸的感觉。

保持 30 秒

2 将卷成一团的毛巾垫在髋部

改变毛巾的位置，将其放到右侧髋部。维持该姿势 30 秒，感受身体侧面的拉伸。换另一侧，重复 1 和 2 的动作。

保持 30秒

改变毛巾的位置。

NG

将毛巾垫在肋骨下面会感觉疼痛。拉伸范围应仅限于腰部到髋部之间。

脑科学方式的身体侧面拉伸

1 上半身缓缓倾斜，身体侧面用力抵抗

打开双腿站立，左手叉腰，右手举起，伸向头部的左上方。此时，上半身向左侧倾，同时身体的右侧面发力，进行抵抗。抵抗时，默数 3 下。

2 身体侧面不要用力，放松

右手动作不变，身体侧面停止抵抗。维持这种状态约 3 秒。1 和 2 为一组，做 3 组。换另一侧，重复相同的动作。

亲子拉伸

1

让孩子坐立，双腿向两侧打开，并将左手举过头顶。家长将左手放在孩子的左腿根部，轻轻按住，防止孩子的左腿膝盖倒向内侧。

抵抗 3秒

2

家长用右手按压孩子的腋下，让孩子向右倾倒。孩子身体侧面发力，进行抵抗。抵抗时，默数 3 秒。

放松 3秒

3

家长继续按压，孩子身体不要用力。放松时，让孩子有意识地将肚脐朝向天花板。维持该状态，默数 3 秒。2 和 3 为一组，做 3 组。换另一侧，重复相同的动作。

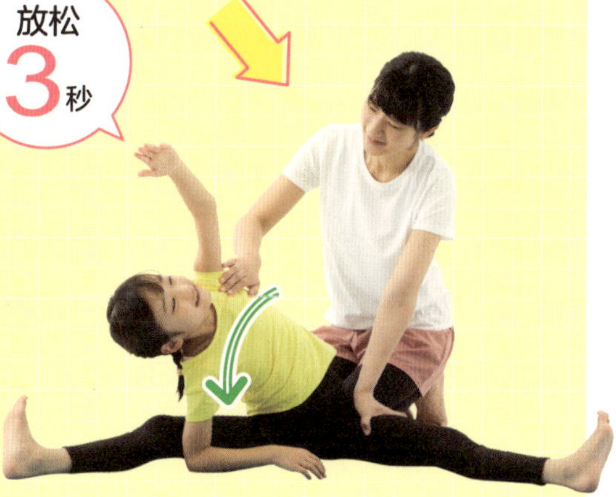

胸部拉伸

胸肌

胸肌面积较大，覆盖了胸部的大部分。强有力的肌肉可以将肩关节向外展开。如果胸肌一直处于紧张的状态，肩部就会变得僵硬，身体便会前倾，形成驼背。因此要想保持优美的姿势，胸部的柔韧性很重要。

需要胸部柔韧性好的体式

- 眼镜蛇式 ►第 18 页
- 轮式 ►第 30 页
- 跷跷板式 ►第 32 页
- 牛面式 ►第 38 页
- 贝尔曼 ►第 46 页

筋膜方式的胸部拉伸

1 用手抓住腋下前侧

用右手抓住左边腋下的前侧。

2 慢慢地大幅转动左臂

右手保持抓握不放松，左臂慢慢地大幅向后转动。转动20 次。换另一侧，重复相同的动作。

家长和孩子面对面坐下，并用相反的手分别抓住对方的腋下前侧。然后腋下被抓住的那一侧的手臂慢慢地向后大幅转动20 次。换另一侧，重复相同的动作。腋下被抓住时，很容易发痒，可以互相调整力度。

脑科学方式的胸部拉伸

1 胸部用力防止身体前倾

侧对墙壁站直，右腿向前迈一步，并让身体向前倾。然后将左手五指并拢，用手掌撑住墙壁。此时，左胸发力抵抗，和手掌一起努力拉回身体。抵抗时，默数 3 秒。

2 手臂放松，让上半身进一步前倾

手臂不要用力，让上半身进一步前倾，维持该状态，默数 3 秒。1 和 2 为一组，做 3 组。换另一侧，重复相同的动作。

如果身体颤颤巍巍，也可以弯曲膝盖。

臀部拉伸

臀大肌

臀中肌

臀大肌位于臀部表皮下方，臀中肌位于臀大肌的深层。它们与髋关节以及双腿在前后左右各个方向上的活动紧密相关。提高臀部的柔韧性，有助于完成横劈腿、搬旁腿等需要打开双腿的体式。

需要臀部柔韧性好的体式

● 前屈式	▶第 16 页	● 半鱼王式	▶第 34 页	● 鸽子式	▶第 42 页
● 蝴蝶式	▶第 22 页	● 舞者式	▶第 36 页	● 竖劈腿	▶第 44 页
● 飞机式	▶第 28 页	● 搬旁腿	▶第 40 页	● 贝尔曼	▶第 46 页

筋膜方式的臀部拉伸

1 将臀部放在泡沫轴上，前后滚动

臀部坐在泡沫轴的一端。

将左侧臀部放在泡沫轴的一端，并伸直左腿，弯曲右腿膝盖。将双手放在身后，支撑身体。然后前后来回摇晃身体，使泡沫轴滚动。来回滚动 20 次后，换另一侧，重复相同的动作。

抬起脚后跟，可以做更深层的拉伸

用上述方法进行拉伸时，可以将左腿的脚后跟抬离地面，这样能够拉伸到更深层的筋膜。如果感觉疼痛，就将脚后跟放下来，按照 1 的方法进行拉伸即可。

将脚后跟抬离地面。

用手肘支撑地面，可以进一步拉伸更深层的筋膜

手肘撑地，将上半身平躺下来。以这种姿势进行拉伸，可以拉伸到比 2 还要深层的筋膜。如果感觉疼，就不要勉强，按照 1 或 2 的方法进行即可。

亲子拉伸

让孩子朝右侧躺下，膝盖自然弯曲。将左膝盖向前自然伸出，保持接触地面。家长将左手垫在孩子左膝盖的下方，保护膝盖，然后用右手掌按揉孩子的左侧臀部。也可以用大拇指或小拇指的根部按揉。30 秒后，换另一侧，重复相同的动作。

按揉 30 秒

脑科学方式的臀部拉伸

1 将腿拉向身体，臀部用力抵抗

靠墙坐立，并弯曲右膝盖，抬起左腿。让右腿向身体靠拢，同时左侧臀部用力抵抗，尝试让左腿将右腿压回去。抵抗时，默数 3 秒，然后放松。做 3 组。

坐立的时候臀部不要紧贴墙壁，保持一点距离。

这里用力抵抗。

右腿进一步靠拢，效果更佳

做完 1 后，将右腿往里进一步靠拢，然后重复 1 的动作。这样拉伸效果会进一步加强。

将腿往里收一点。

大腿前侧拉伸

股四头肌

股四头肌是位于大腿前侧的4块肌肉的总称，是下半身最大的肌肉群。这部分肌肉的柔韧性会影响竖劈腿、贝尔曼等需要前后开腿的体式，对眼镜蛇式、跷跷板式等需要后仰的体式也有重要的影响。

需要大腿前侧柔韧性好的体式

- 眼镜蛇式 ▶第 18 页
- 桥式 ▶第 24 页
- 飞机式 ▶第 28 页
- 轮式 ▶第 30 页
- 跷跷板式 ▶第 32 页
- 舞者式 ▶第 36 页
- 鸽子式 ▶第 42 页
- 竖劈腿 ▶第 44 页
- 贝尔曼 ▶第 46 页

筋膜方式的大腿前侧拉伸

1 将泡沫轴放在大腿前侧下方，弯曲膝盖再伸直

俯卧，将泡沫轴放在大腿前侧下方，慢慢弯曲膝盖再伸直。来回一次保持约 3 秒，做 10 次。然后换另一侧，重复相同的动作。如果疼痛感较为强烈，可以只将大腿放在泡沫轴上不动。

来回 10 次

2 让大腿在泡沫轴上来回滚动

慢慢转动膝盖，让大腿在泡沫轴上来回滚动。来回一次保持约 3 秒，滚动 10 次。然后换另一侧，重复相同的动作。

3 改变泡沫轴的位置，来回滚动

将泡沫轴放到膝盖下方，重复 2 的动作。

亲子拉伸

家长跪坐，将孩子的大腿放在自己的大腿上。双手置于孩子的大腿后侧，轻柔地来回转动 10 次。一边按压一边转动。按压时，孩子可能会感觉疼痛，注意调整好力度。

脑科学方式的大腿前侧拉伸

1 用脚背推压墙壁，大腿前侧用力抵抗

在左膝盖下方垫一条毛巾，保护左膝盖，然后将脚背贴在墙壁上。将右膝盖弯曲 90°，上半身保持挺直。用左脚背推压墙壁，同时左大腿前侧用力抵抗，防止上半身倾倒。抵抗时，可默数 3 秒。

如果感觉身体不稳定，也可以用手撑地。

2 大腿前侧放松，不要用力

脚背停止推压墙壁，大腿前侧放松。维持该状态，默数 3 秒。1 和 2 为一组，做 3 组。换另一侧，重复相同的动作。每做完一组，都可以将右脚拉近墙壁一点。这样，可以拉伸到更深层的筋膜。请根据自身情况灵活调整，不要逞强。

亲子拉伸

①

让孩子俯卧。家长用左手轻轻按压孩子的臀部，然后用右手慢慢抬起孩子的左膝盖。孩子左大腿前侧用力抵抗，尝试压下左腿。抵抗时，默数 3 秒。

②

孩子大腿前侧放松，家长继续托着孩子的左腿。维持这种状态，默数 3 秒。1 和 2 为一组，做 3 组。换另一侧，重复相同的动作。

大腿后侧拉伸

腘绳肌

臀大肌

大腿后侧的腘绳肌和臀部的臀大肌会牵动髋关节，使得腿能够向后抬起。做前屈式、飞机式等上半身向前倾倒的体式，或搬旁腿、贝尔曼等需要开腿的体式时，这两块肌肉会伸展，需要提高它们的柔韧性。

需要大腿后侧柔韧性好的体式

- 前屈式 ▶第 16 页
- 横劈腿 ▶第 26 页
- 飞机式 ▶第 28 页
- 舞者式 ▶第 36 页
- 搬旁腿 ▶第 40 页
- 竖劈腿 ▶第 44 页
- 贝尔曼 ▶第 46 页

筋膜方式的大腿后侧拉伸

1 将大腿后侧放在泡沫轴上，并左右翻转膝盖

仰卧，将大腿后侧放在泡沫轴上，慢慢地左右翻转膝盖。来回一次保持约 3 秒，做 20 次。换另一侧，重复相同的动作。

亲子拉伸

按揉
30 秒

①

孩子仰卧。家长用左手抬起孩子的右脚脚后跟，然后用右手手掌按揉其大腿后侧约 30 秒。

②

家长用双手握住孩子的小腿后侧和脚后跟，然后将脚趾抵住孩子的大腿后侧。这时，孩子要保持放松状态，不要用力。

③

让孩子的腿自然放下，家长同时脚尖用力按压孩子的大腿后侧。做这个动作时，不拉拽腿是关键。改变脚尖的位置，按压 1 分钟。换另一侧，重复相同的动作。

按压
1 分钟

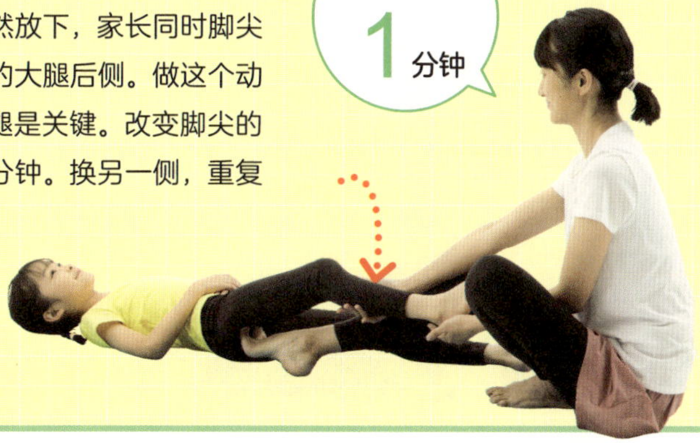

脑科学方式的大腿后侧拉伸

1 用毛巾拉拽小腿后侧，同时大腿后侧用力抵抗

将毛巾挂在右腿的小腿后侧，然后仰卧，拉拽右腿。可以轻轻将毛巾交叉拧一下，防止毛巾脱落。右腿的大腿后侧发力，抵抗拉拽的力。抵抗时，默数 3 秒。

2 继续拉拽毛巾，同时大腿后侧放松，不要用力

继续用毛巾拉拽，同时右腿的大腿后侧停止抵抗。维持该状态，默数 3 秒。1 和 2 为一组，做 3 组。换另一侧，重复相同的动作。

亲子拉伸

①

孩子仰卧。家长用右手轻轻按住孩子左腿的大腿根部，然后用左手握住右脚脚后跟，慢慢抬起腿部。抬起时注意膝盖不要弯曲。大腿后侧用力抵抗，尝试让脚后跟落向地面。抵抗时，默数 3 秒。

②

家长继续抬起孩了的腿部，孩子停止抵抗。身体保持放松，默数 3 秒。换另一侧，重复相同的动作。

大腿外侧拉伸

阔筋膜张肌

臀中肌　外侧广肌

阔筋膜张肌和臀中肌能够牵动髋关节，使得腿能够向侧面抬起。也可以稳定骨盆，让人维持单腿站立的姿势。外侧广肌是股四头肌的一部分。做竖劈腿或站立等体式时，需要这些肌肉具有良好的柔韧性。

需要大腿外侧柔韧性好的体式

- 眼镜蛇式 ►第 18 页
- 蝴蝶式 ►第 22 页
- 横劈腿 ►第 26 页
- 半鱼王式 ►第 34 页
- 搬旁腿 ►第 40 页
- 鸽子式 ►第 42 页
- 竖劈腿 ►第 44 页
- 贝尔曼 ►第 46 页

筋膜方式的大腿外侧拉伸

1 用手掌轻轻按揉大腿外侧

双腿弯曲坐立，并将膝盖倒向一边。双手手掌重叠，放在大腿外侧。前后推动手，轻轻按揉 30 秒。可以用大拇指根部按揉。换另一侧，重复相同的动作。

按揉 30秒

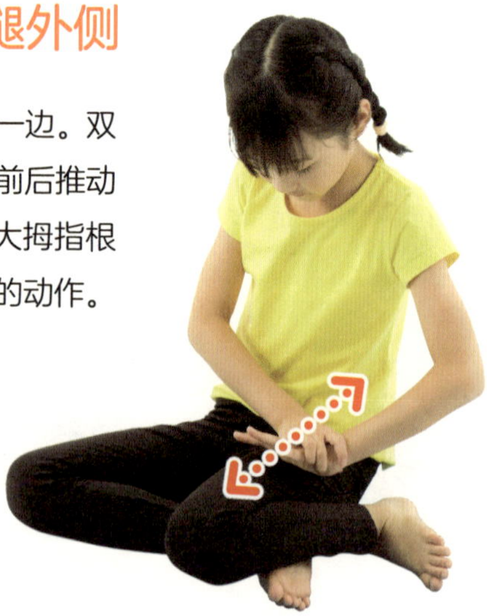

亲子拉伸

孩子仰卧，弯曲左腿。家长将左手放在孩子的左膝上，右臂放在孩子大腿外侧。转动手腕，使小臂在孩子大腿外侧滚动 30 秒。换另一侧，重复相同的动作。

脑科学方式的大腿外侧拉伸

1 大腿外侧用力抵抗，防止臀部落下

将臀部轻轻靠在墙上，双手撑地。将左腿向右伸直，右腿跨到左腿前面，弯曲膝盖，并将腰部抬离地面。此时，左大腿外侧用力，抵抗重力，防止臀部落下。抵抗时，默数 3 秒。

2 大腿外侧放松，停止抵抗，让臀部落下

大腿外侧停止抵抗。此时，将上半身挺直，使其朝向正前方，可以更好地感受到大腿外侧的拉伸感。维持这种状态，默数 3 秒。1 和 2 为一组，做 3 组。换另一侧，重复相同的动作。

大腿内侧拉伸

内收肌群

内收肌群是大腿内侧大收肌、长收肌等肌肉的总称。它可以牵动髋关节，让双腿并拢，也可以稳定骨盆。打开双腿时，这片肌肉会伸展，提高这部分肌肉的柔韧性，对横劈腿、搬旁腿等体式很重要。

需要大腿内侧柔韧性好的体式

- 蝴蝶式 ▶第 22 页
- 横劈腿 ▶第 26 页
- 搬旁腿 ▶第 40 页

筋膜方式的大腿内侧拉伸

1 用手掌轻轻地按揉大腿内侧

双腿弯曲坐立，并将膝盖倒向一边。双手手掌重叠，放在左大腿内侧。然后用手轻轻按揉。可以用大拇指根部按揉。

2 改变手的位置，按揉整个左大腿内侧

按揉从膝盖到大腿根部附近的整个左大腿内侧。30 秒后，换另一侧，重复相同的动作。

按揉
30秒

亲子拉伸

让孩子仰卧，左膝盖向外倾倒。家长用右手托着孩子的左膝盖，并用左手手掌力度均衡地按揉大腿内侧。30 秒后，换另一侧，重复相同的动作。

按揉
30秒

脑科学方式的大腿内侧拉伸

1 将腿伸直靠在墙上，大腿内侧用力将其拉回

将身体平行于墙面，靠墙仰卧，抬起左腿，并将脚底朝上，靠到墙上。保持膝盖伸直，用左腿推压墙壁。此时，保持上半身和左腿的角度不变，左大腿内侧发力，进行抵抗。保持推压墙壁的状态，默数 3 秒。

2 大腿内侧放松，同时让上半身靠近墙壁

左大腿内侧放松。同时，让上半身靠近墙壁。1 和 2 为一组，做 3 组。换另一侧，重复相同的动作。

亲子拉伸

① 让孩子侧卧，家长用右手握住孩子的左脚脚后跟，向前推动，用左手轻轻按住右膝，将其两腿分开。同时，孩子的大腿内侧朝着闭合双腿的方向用力抵抗 3 秒。

② 孩子放松身体，家长继续将孩子的左脚脚后跟向前推，分开双腿。做 3 组，然后换另一侧，重复相同的动作。

小腿后侧拉伸

比目鱼肌

腓肠肌

腓肠肌位于小腿后侧的表层，比目鱼肌位于深层。踢地面或垫脚尖时，腓肠肌和比目鱼肌就会发挥作用。做伸展腿部或上半身向前倾倒的动作，或做舞者式等体式时，有时需要绷直脚尖。此时，小腿后侧的柔韧性就非常重要了。

需要小腿后侧柔韧性好的体式

- 前屈式 ►第 16 页
- 绷脚式 ►第 20 页
- 横劈腿 ►第 26 页
- 飞机式 ►第 28 页
- 舞者式 ►第 36 页
- 搬旁腿 ►第 40 页
- 竖劈腿 ►第 44 页
- 贝尔曼 ►第 46 页

筋膜方式的小腿后侧拉伸

1 将左腿的小腿后侧放在泡沫轴上

双腿弯曲坐立，然后伸直左腿，再将左腿的小腿后侧放在泡沫轴上。双手手掌在身体后方撑地。

2 将右脚放在左侧小腿上，左右慢慢摇晃脚掌

将右脚放在左腿的小腿上，左脚脚趾慢慢地左右摇晃，一个来回 3 秒，做 20 次。如果将右脚放到左小腿上感觉疼痛，就在 1 的状态下，左右摇晃脚掌。完成后并拢双腿，看看左腿是否有什么变化。换另一侧，重复相同的动作。

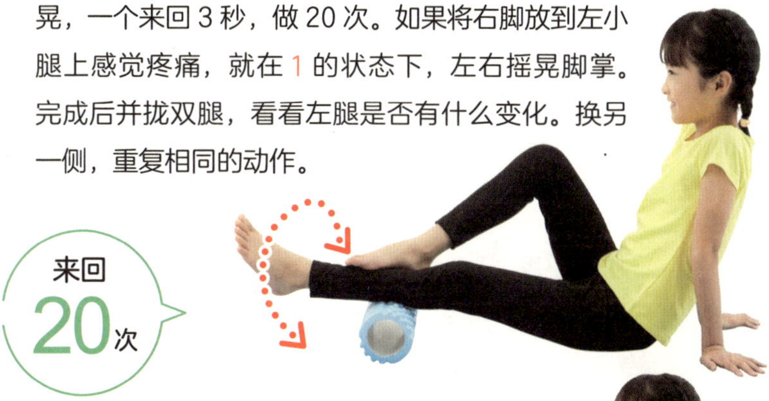

臀部悬空做这个动作，可以拉伸到更深层的筋膜。如果感觉疼痛，请不要逞强。

亲子拉伸

让孩子仰卧。家长用自己的大腿和小腿后侧轻轻夹住孩子右腿的小腿后侧，保持 10 秒。注意控制好力度，不要让孩子感觉疼痛。换另一侧，重复相同的动作。

脑科学方式的小腿后侧拉伸

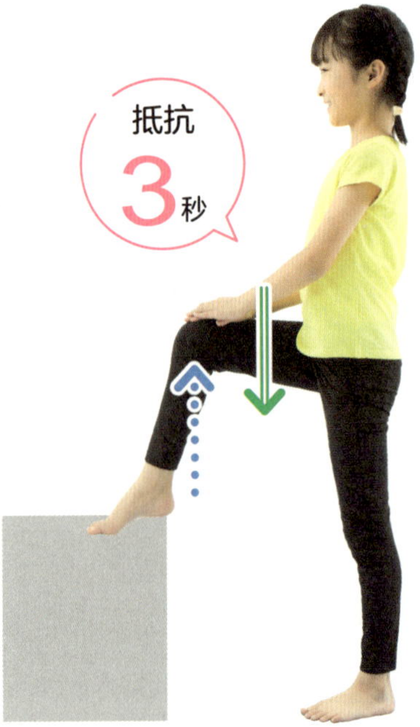

1 给脚尖施力，同时脚后跟用力抵抗

将右脚脚尖放到台阶上，并将双手置于右膝盖上。用双手按压右腿，同时抬起右脚后跟进行抵抗。抵抗时，默数 3 秒。

2 身体放松，落下脚后跟

继续用手按压右腿，同时右小腿后侧放松，脚后跟自然落下。维持这个状态，默数 3 秒。1 和 2 为一组，做 3 组。换另一侧，重复相同的动作。

亲子拉伸

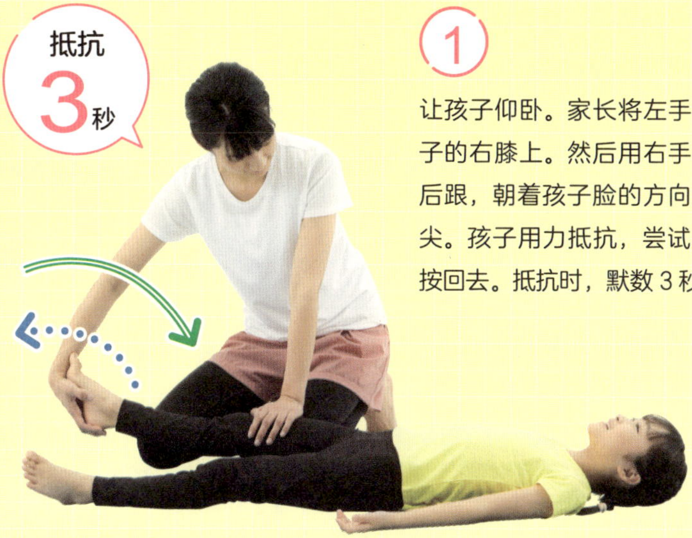

①

让孩子仰卧。家长将左手放在孩子的右膝上。然后用右手握住脚后跟，朝着孩子脸的方向推压脚尖。孩子用力抵抗，尝试将脚趾按回去。抵抗时，默数 3 秒。

②

孩子身体放松，家长继续推压其脚尖。维持这个状态，默数 3 秒。换另一侧，重复相同的动作。

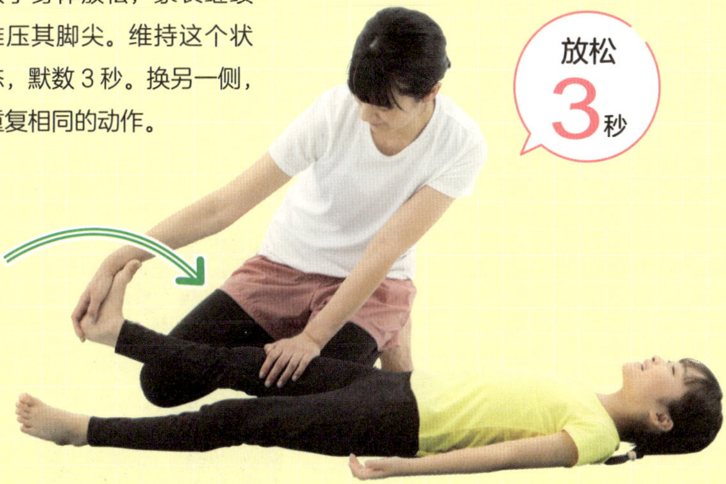

大腿根部拉伸

髂肌

腰大肌

髂肌和腰大肌位于大腿根部，会在抬起大腿时发挥作用。这两块肌肉如果变僵硬，会影响髋关节的活动范围，双腿就难以打开。它们容易疲劳收缩，建议平时多做拉伸和放松。

需要大腿根部
柔韧性好的体式

- 眼镜蛇式 ▶第 18 页
- 桥式 ▶第 24 页
- 飞机式 ▶第 28 页
- 轮式 ▶第 30 页
- 跷跷板式 ▶第 32 页
- 舞者式 ▶第 36 页
- 鸽子式 ▶第 42 页
- 竖劈腿 ▶第 44 页
- 贝尔曼 ▶第 46 页

筋膜方式的大腿根部拉伸

拉伸的是腹股沟与髂骨之间的肌肉

从大腿根部（腹股沟）到骨盆（髂骨），中间有几处摸上去比较硬的肌肉。这部分要拉伸的肌肉见右侧图片标出的红色区域。

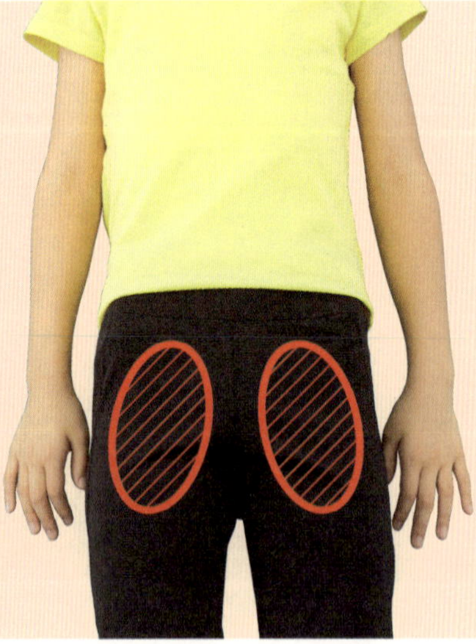

1 用指尖按揉

将双手交叠，置于腹股沟处。用指尖按揉整个区域 30 秒。换另一侧，重复相同的动作。

按揉 30秒

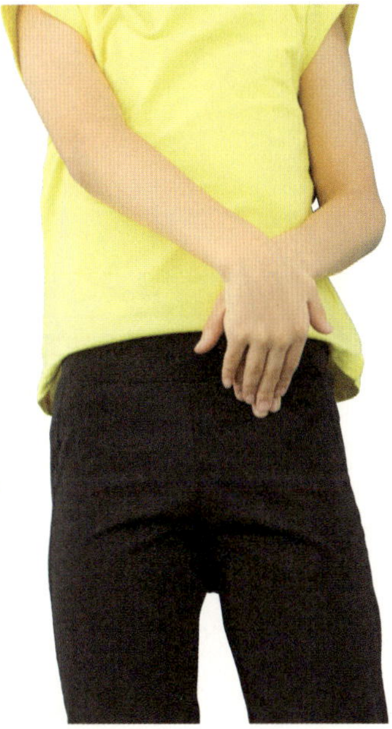

亲子拉伸

让孩了仰卧。家长双手交叠，置于孩子的左边骨盆内侧。然后轻轻按揉整片区域 30 秒。换另一侧，重复相同的动作。

按揉 30秒

小腿前侧、脚尖拉伸

胫骨前肌

足肌

胫骨前肌位于胫骨外侧，在垫脚尖时会发挥作用。除此之外，翘起脚趾时，还会用到脚背上的肌肉（足肌）。脚尖绷直会让各种体式看上去更优美，建议平时多做拉伸，提高脚尖的柔韧性。

需要大腿根部柔韧性好的体式

- 眼镜蛇式 ►第 18 页
- 绷脚式 ►第 20 页

筋膜方式的小腿前侧、脚尖拉伸

1 用拳头按揉胫骨外侧

双腿弯曲而坐，然后握拳，从左腿胫骨外侧自上而下按揉到脚尖。

2 脚背到脚尖之间，也要细致地按揉

脚背和脚尖也要按揉 30 秒。尤其是脚趾和脚趾之间的骨头，更要细致地按揉。换另一侧，重复相同的动作。

按揉
30秒

亲子拉伸

家长和孩子面对面坐立，弯曲膝盖。用拳头互相为对方按揉，从小腿前侧自上而下按揉到脚尖。注意时刻观察孩子的表情，调整按揉力度，避免让孩子感觉疼痛。

脑科学方式的小腿前侧、脚尖拉伸

1 用脚尖推压墙壁，同时脚尖用力抵抗

面向墙壁而坐，让左脚脚跟着地，并用左脚脚尖推压墙壁。同时，脚尖用力抵抗。抵抗时，默数 3 秒。建议在脚尖和墙壁之间垫一块毛巾。

2 脚尖不要用力，自然放松

脚尖停止抵抗。维持这个状态，默数 3 秒。1~2 为一组，做 3 组。换另一侧，重复相同的动作。

亲子拉伸

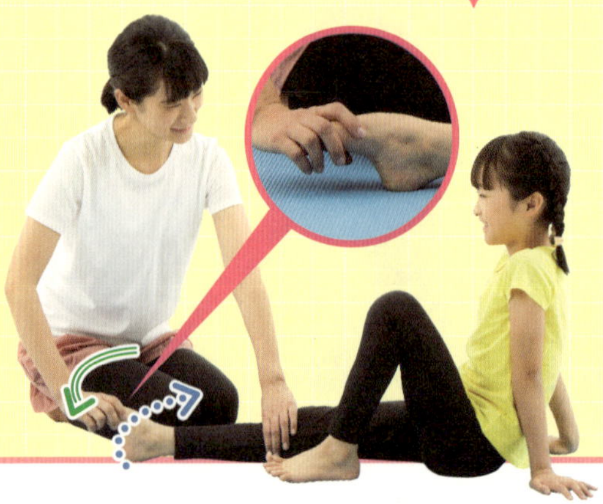

家长用手包裹住孩子伸直腿的脚趾，然后轻柔地往下按压。孩子用力抵抗，尝试将脚趾翘起来。抵抗时，默数 3 秒。接着，孩子停止抵抗，父母继续向下按压脚趾。维持这个状态，默数 3 秒。换另一侧，重复相同的动作。

脚底拉伸

足底肌

足底肌位于脚底，能够让脚趾弯曲，保护足弓。想让绷脚式看上去更美，脚底必须具有良好的柔韧性。另外，只需提高脚底的柔韧性，就可以让前屈式做得更深入。

需要脚底柔韧性好的体式

- 前屈式 ▶第 16 页
- 绷脚式 ▶第 20 页
- 飞机式 ▶第 28 页
- 舞者式 ▶第 36 页
- 竖劈腿 ▶第 44 页
- 贝尔曼 ▶第 46 页

筋膜方式的脚底拉伸

1 在脚跟到脚尖之间均衡地滚动

将右脚踩在高尔夫球上，来回滚动。滚动区域涵盖整个脚底，从脚跟到脚尖，从内侧到外侧，不要只在脚心滚动。

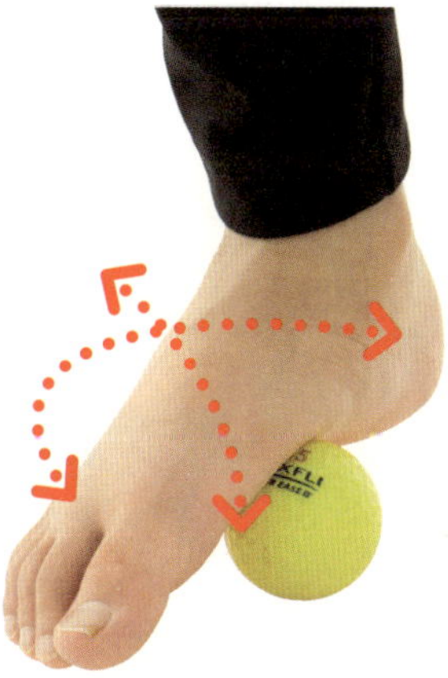

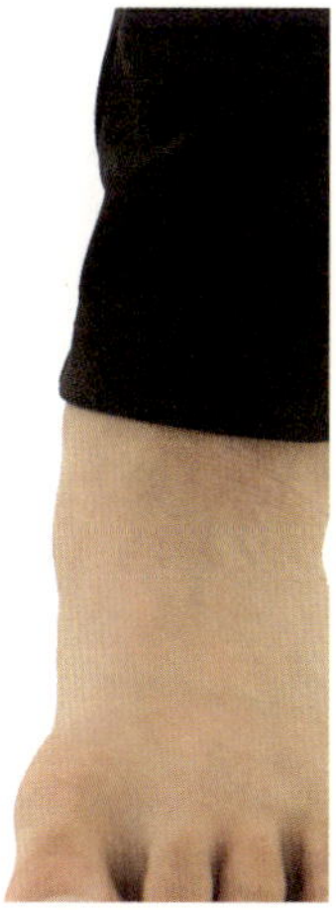

2 手扶墙壁，调节施加在脚上的压力

用手扶着墙壁，灵活调节施加在脚上的压力，从而更好地控制拉伸的强度。滚动 30 秒后，换另一侧，重复相同的动作。

滚动
30秒

亲子拉伸

家长和孩子面对面坐立，互相用拳头按揉对方的脚底。30 秒后，换另一侧，重复相同的动作。

按揉
30秒

脑科学方式的脚底拉伸

1 用毛巾拉拽脚底，同时脚底用力抵抗

坐立，双腿向前伸直。将毛巾挂在左脚脚底，双手握住毛巾的两端，朝向身体拉拽，同时脚底用力抵抗。抵抗时，默数 3 秒。

2 继续拉拽毛巾，脚底放松，停止抵抗

继续拉拽毛巾，同时脚底放松。维持这个状态，默数 3 秒。1 和 2 为一组，做 3 组。换另一侧，重复相同的动作。

搬旁腿

在站立的状态下做搬旁腿体式，不仅需要良好的柔韧性，还需要有足够的肌肉力量将腿抬起来，从而让体式保持稳定。如果想要不倚靠墙壁也能将腿顺利抬起来，就要多锻炼腹部、背部的核心力量，以及臀部、大腿的肌肉力量。

1 双手抱膝，拉至胸前

仰卧，双手抱住膝盖，将其拉至胸前。注意腰部不要离开地面。

2 依靠大腿的力量维持不动

双手放开膝盖。此时，腹部和大腿发力，不让膝盖离开胸口。维持该姿势 10 秒。

3 单膝跪地，另一条腿抬离地面

单膝跪地，将双手举过头顶，向前跨出的腿抬离地面。此时，身体的核心部位及膝盖跪地那一侧的腹部、臀部和腿部发力，保持该姿势 5 秒，不要晃动。如果能保持 1 分钟更好。

将做搬旁腿体式时向上抬的腿向前跨出一步。

在膝盖下方垫上毛巾。

最开始的时候也可以张开双臂，维持平衡。

4 靠着墙壁，用手将腿抬起来

轻轻靠在墙壁上，抬起一条腿。手从前面握住抬起来的腿的脚后跟，然后伸直膝盖，同时举起另一侧的手。用核心力量和下半身的肌肉力量维持该姿势，不要让身体向前后或旁边倾斜。

鸽子式

做鸽子式时，如果强行用臂弯去勾住脚踝，可能会引起腰痛。柔韧性还不够的时候，可以借助毛巾进行练习，一步一步慢慢地接近标准体式。

1 腿向后伸直，挺起上半身坐直

弯曲前面一条腿，另一条腿向后伸直。挺起上半身，让肚脐和前面一条腿朝向正前方。

2 将毛巾挂在脚踝上，并拉向腰侧

抬起后面的腿，将毛巾挂在脚踝上。单手握住毛巾，将其拉近再松开，反复多次。习惯这个动作之后，再用双手握住毛巾，慢慢地将其拉向腰侧。

3 用臂弯代替毛巾勾住脚

扭转上半身，用和抬起的后腿同侧的手肘勾住脚踝。另一侧的手从后脑勺绕过去，双手交握。

NG

做 1 的动作时，肚脐不能朝向旁边。如果出现朝向旁边的情况，说明大腿前侧的柔韧性还不够，可以先做大腿前侧的拉伸练习（第 74~75 页）。后面一条腿正确的姿势是大腿前侧着地。

高阶体式练习

No.3

贝尔曼

贝尔曼融合了鸽子式和竖劈腿的姿势。刚开始时，可以先坐着练习这两个体式，明确贝尔曼的完成姿势。

用毛巾拉腿

①

弯曲前面一条腿，将另一条腿向后伸直。挺起上半身，让肚脐和前面一条腿朝向同一个方向。

②

抬起后腿，将毛巾挂在脚踝上。注意要挂得结实一些，以防毛巾从脚踝上掉下来。接着手心朝上握住毛巾，慢慢地拉向肩膀旁边。

③

将手肘朝上，肩膀向后转动，慢慢地提起毛巾。反复 2 和 3 的动作，直到习惯为止。然后，直接用手握住脚踝，反复 2 和 3 的动作。

上半身后仰

④

记住使用毛巾转动肩膀的感觉后，用手握住抬起的脚尖。握的时候，注意手心朝上。

⑤

上半身后仰，让头部靠近脚底。做这个动作的时候可以轻轻靠墙。

⑥

上半身进一步后仰，慢慢伸展后腿的膝盖。注意量力而行，不要逞强。反复 5 和 6 的动作，直到习惯为止。

竖劈腿后，上半身后仰

⑦

将前面一条腿伸直，同时手心朝上握住后腿的脚尖。然后转动肩膀，使手肘朝上。

⑧

让上半身后仰，头靠近脚底。慢慢伸展胳膊和后腿的膝盖。

⑨

将手从脚尖转移至脚踝，尽可能伸直后腿膝盖。反复 8 和 9 的动作，直到习惯为止。

贝尔曼（立位）

练习在站立的状态下将腿抬高。只有消除肌肉紧张，才能让肌肉发挥出最佳的柔韧性，为了防止摔倒，练习时可以借助高台或墙壁来支撑身体。

开始前

记住腿向后抬起，手抓腿的感觉

将一只手扶在高台上，一条腿向后抬起，然后用同一侧的手抓住脚踝附近，回到直立状态。反复练习，直到习惯这个动作。这种握法无法让腿抬得更高，但请先记住抓住腿的感觉。

1

手从上方向后抓住脚尖

将一只手扶在高台上，一条腿向后抬起，然后举起同一侧的手，从上方向后抓住脚尖。注意抓脚时手心朝上。

此时容易跌倒，
可以靠着墙。

2

双手握住脚踝

将腿抬起来后，用双手握住，并拉向头部。

3

慢慢向上拉伸手肘和膝盖

向上拉伸膝盖。做这个动作的时候，注意手肘和膝盖保持平衡。

最后，双手握
脚尖的位置与
膝盖几乎在同
一直线上。

4

继续拉伸膝盖，让它和大腿在一条直线上

继续拉伸膝盖。等到手握脚尖的位置和膝盖在同一直线上时，就代表膝盖已经完全伸直。标准的贝尔曼也就完成了。

后记

体验过极速拉伸后，大家感觉如何呢？

希望身体僵硬、不擅长运动或不懂得如何拉伸的朋友们，在坚持使用本书介绍的拉伸方法后，能体会到活动身体的乐趣。也希望从事啦啦操、艺术体操等对柔韧性要求很高的运动项目的朋友们，能做出更加柔美的动作。

请大家一定要坚持练习。也请各位家长多和我分享一些孩子身体柔韧性提高之后，掌握新体式的喜悦。

我大学毕业后，在其

他行业摸爬滚打了10年，工作内容和现在完全不一样。

现在，我作为柔美伸展运动教练，经常在课上展示搬旁腿、贝尔曼等动作。但以前，我并不是很擅长运动。而且身体非常僵硬，甚至做前屈式时，连手指都碰不到地面，是个不折不扣的“超合金人”。

在近30岁的时候，我开始学习花样滑冰。想提高花样滑冰的技术，就必须提高柔韧性。为此，除了拉伸，别无他法。

天性执着的我，开始全身心地进行拉伸练习。就这样坚持了几年后，超硬的身体终于渐渐变柔软了。

之后，我开始从事指导拉伸的工作，因为我想将自己的经验传授给更多的人，也想让那些希望自己的身体变柔软的人能实现自己的目标。

本书得以出版，有赖于众多人士的支

持和帮助。在此，我要由衷地感谢日本牧野出版社负责编辑的户田先生以及其他工作人员，还有本书的各位模特和体验者们。

最后，我衷心希望各位朋友能够能通过本书爱上拉伸，拥有更健康的身体、更优美的体态。

村山巧

图书在版编目（CIP）数据

儿童拉伸 / (日) 村山巧著；吴梦迪译. -- 南昌：江西科学技术出版社, 2023.4

ISBN 978-7-5390-8517-3

Ⅰ. ①儿… Ⅱ. ①村… ②吴… Ⅲ. ①儿童—健身运动—基本知识 Ⅳ. ①G883

中国国家版本馆CIP数据核字(2023)第006739号

国际互联网（Internet）地址：http://www.jxkjcbs.com

选题序号：KX2022037　　　图书代码：B22875-101

版权登记号：14-2022-0043

责任编辑 魏栋伟

项目创意/设计制作 快读慢活

特约编辑 周晓晗 许小湾

纠错热线 010-84766347

儿童拉伸

(日) 村山巧 著

吴梦迪 译

出版发行		江西科学技术出版社
社	址	南昌市蓼洲街2号附1号 邮编 330009 电话:(0791) 86623491 86639342(传真)
印	刷	北京雅图新世纪印刷科技有限公司
经	销	各地新华书店
开	本	710mm × 1000mm 1/16
印	张	8.5
字	数	70千字
印	数	5000
版	次	2023年4月第1版
印	次	2023年4月第1次印刷
书	号	ISBN 978-7-5390-8517-3
定	价	65.00元

赣版权登字 -03-2023-42

快读·慢活®

从出生到少女，到女人，再到成为妈妈，养育下一代，女性在每一个重要时期都需要知识、勇气与独立思考的能力。

“快读·慢活®”致力于陪伴女性终身成长，帮助新一代中国女性成长为更好的自己。从生活到职场，从美容护肤、运动健康到婚姻、育儿、家庭教育等各个维度，为中国女性提供全方位的知识支持，让生活更有趣，让育儿更轻松，让家庭生活更美好。